老舍 著

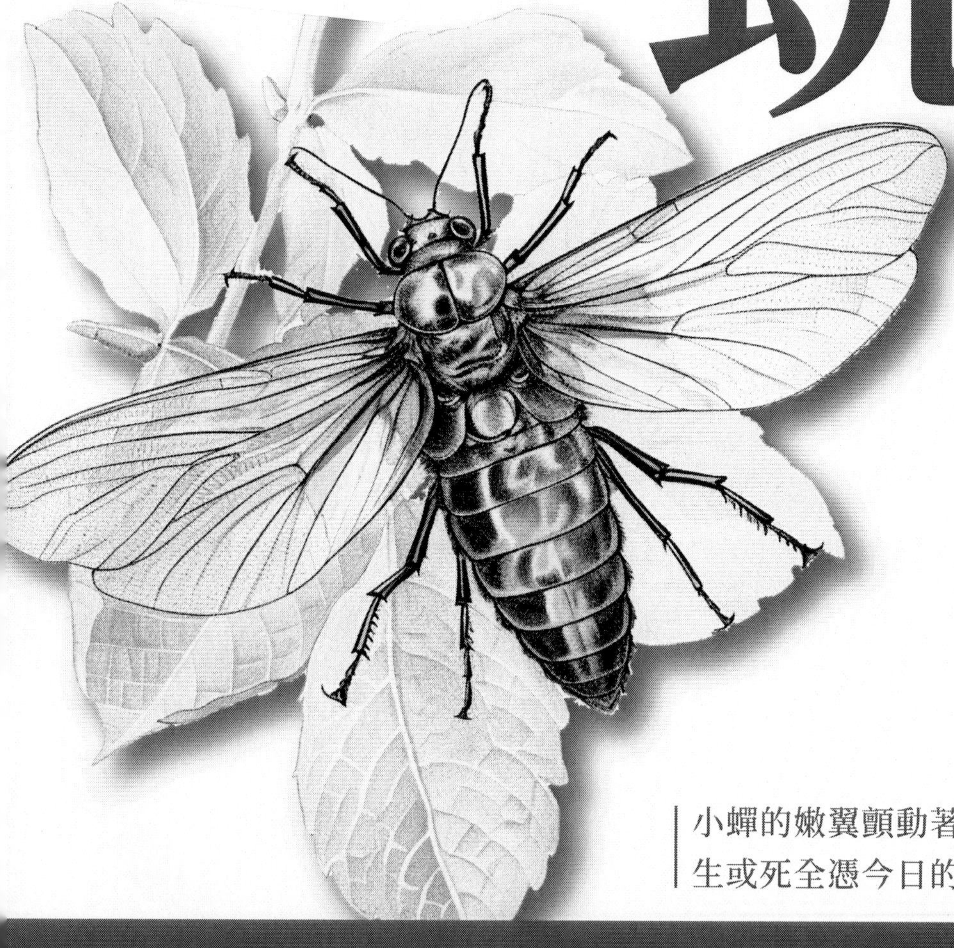

小蟬的嫩翼顫動著，
生或死全憑今日的掙

歷史是血淚的凝結，珍藏著嚴肅悲壯的浩氣

笑是逃避與屈服，笑罷本無可說，永無歷史。
悲劇的結局是死，死來自鬥爭；
經過鬥爭，誰須死卻不一定。

目錄

目錄

解題

是在昆明湖的苔石上，也許是在北海上斜著身自顧綠影的古柳旁，有小小一隻蟬正在蛻變。無疑的，時候是已經晚一點了，因為柳影已略略含著悲意，晚風開始透出一點警告的秋涼。蛻變似嫌太遲了些個。

可是，生的意志頑抗著一切的困難，生或死全憑今日的掙扎，沒工夫去顧慮什麼。生命的第一句口號是勇往直前，不管不顧的向前衝殺是牠的最原始而最聰明的策略。這隻小蟬要把鋼一般黑潤的身兒，由皮殼裡衝出來，由陰暗而光明，由隱忍而活躍，絕對相信牠自己的力量。牠必須自證能否飛上枝頭，唱出生命最美的歌。牠必須鼓動那潛在的大力，把自己提拔到朝陽與晚晴中，由酣睡而飛鳴。牠那點小小的力量也就是世界上最大的力量，牠是所向無敵，用生的意志擊破所有的困難的。一直到牠飛上柳枝，它還是喊著「衝殺」，「前進」！

反之，牠若是知難而退，縮斂起牠的足與翅，牠將無可挽救的做了僵蟲；也許被

解題

頑童的腳踏碎在泥土上，也許被蟲蚊擄架到暗穴中，也許隨著落葉被西風捲到水裡去。世界上所有的力量，到那時候，是沒法把牠提到柳枝上去的。

降服便掃興的抹去生命一切的光榮與意義。看！那小蟬的嫩翼是怎樣的顫動，在生與死之間顫動呢！

第一

1

衝動的要打，衝動的要和，衝動的抵抗，衝動的奔逃，把蘆溝橋的義憤怒吼變成平津淪陷的悲泣。任著敵人把有四季鮮花與百條軌路的豐臺已建成銅牆鐵壁，我們才喝令睡在營房裡的健兒，混戰一番。城裡連沙包已經撤去，城外卻倉皇舞起大刀，彷彿我們赤手空拳也能打到山海關去似的，令人恍惚間又看見義和拳的夢境。頃刻間，南苑已成血海，大刀亂擲在泥土上。主將的愚昧，與夜戰馬超式的理想光榮，使灑鞋大刀的健兒死不瞑目——他們的血還未乾，城頭已換了國旗。

那與虹一樣明麗的北平，低首抱著多少代的尊嚴與文化，傷心的默默無語，像被奸汙過的貴婦。那模範的警察，慘笑著交了槍；亡了國家，肩上反倒減輕了七八斤的分量——一種無可如何的幽默正配合著那慘笑。那害著文化病的洋車伕，從門縫向外偷看，而後緊一緊腰帶，憤恨而把身子倒在床上。緊跟著，那五河奔流的天津，也屈膝在斷瓦頹垣上，河上滾浮著黃帝子孫的屍身。

除了歷史是夢作成的，誰能想到滅亡是這麼潦草快當的事呢？

不，這絕對不是個夢；敵人的坦克車在青天白日之下，分明的給古城的柏油路軋上了些不很淺的痕跡。那麼，中國人，要不然你們就是些會演製滑稽短片的角色麼？在悲劇前加演兩大本，引人先笑一笑麼？

若果然是這樣，我們就深盼那大悲劇的出演，把笑改成淚。歷史是血淚的凝結，珍藏著嚴肅悲壯的浩氣。笑是逃避與屈服，笑罷本無可說，永無歷史。悲劇的結局是死，死來自鬥爭；經過鬥爭，誰須死卻不一定。大中華的生，大中華的死，在這裡才能找出點真消息。加演的那兩本笑劇是過去了，下邊……

2

我曾在春蔭護海棠的時節，在沙灘上閒看著那平靜深藍的春海。忽然一陣怪風，斜著吹來大小不勻的雨點。遠島的外邊，起了一層黃霧，天與水潦草的黏合在一處；黃霧往前來，遠島退入煙影裡，成了些移動的黑塊子。從黃霧的下頭，猛然擠出一線白浪，刀刃般鋒銳的輕快的白亮亮的向前推進。眼前的藍海晃了幾晃，像忽然受驚而力求鎮定的樣子；還沒有擺弄穩，緊追著那白線的灰黃巨浪已滾入了藍海，浪上冒著灰煙，煙裡濺起白星；隨滾隨卷，捲起來，跌下去；藍的水急往前奔，湧上了沙灘，擊拍著礁石，噴出浪花。一會兒，灰黃翻滾的浪頭已把藍水吞盡，似灰似黃似藍似綠，絞成一片，滾成萬團；混亂未已，後面更明的一道白線，帶著百萬千萬的浪山又奔撲過來，浪花已能打著灰色的天，天也忽起忽落的晃動。一道，一道，又一道，分不清哪是天，哪是海，只是那麼翻絞奔馳的一片，沒有形體，沒有邊界，處處緊張，混亂，壯烈，怒吼；每個浪似乎都有無限的激憤，瘋狂的要打碎了一切。頃刻間，那乎靜的碧海變成了激壯奔騰的怒潮與狂流。

乎津陷落的消息，像一股野浪，挾著風雷搖動了人海：紐約，倫敦，巴黎，甚至於地面上素來冷落的角落，都感到了風暴的前兆。大不列顛的貴族軍人拿起地圖，紐約的大腹商賈查查帳簿，巴黎的窮詩人也若有所思，似乎要為人道與和平說些不妨渺茫而悲豔的什麼。

直接被浪花打溼，狂潮撞倒的中國人該當怎樣呢？豈不是應該像我看過的那個碧海，受了激動就馬上會怒吼起來！每個人的心都像個小海，以血為潮，掀起驚天的大浪來嗎？

可是，我只看見了靜靜的那個死湖。

死湖在陰城的城北。陰城距血染的天津只有七百里之遙。湖裡淤積著肥厚的糞土，匯存著都市的穢水，所以培出雪白肥碩的藕枝。天津淪陷，火車停開，藕枝堆積在車站上，漸漸起了層黑黃的鏽。平日，藕枝運到天津，即使車走得很慢，也仍不失其甘嫩清香。陰城與天津相距是多麼近呢。敵人的軍隊，炮火，一夜的工夫就會來到。可是，死湖仍是死湖，並不因為平津的風波而起些微浪。

是的，死湖還是死湖！

3

天還很熱，刮著使人焦躁的旱風。死湖上並沒有波浪。湖裡被土壩分劃成多少塊水田，東一塊蒲，西一塊蓮，蒲葉密叢叢的遮住荷田，荷葉灰綠綠的掩蓋著汙水；旱風過來，蒲與荷都靜靜的往下低一低身，從水中發散出一股濃厚酸熱的臭氣，水田的外圈，圍著一道水溝，溝上有些禿敝的細柳，柳上沒有鳴蟬，柳下沒有倒影；溝水上浮著一層油膩而紅白相間的泡沫，在烈日旱風之下略皺一皺，產出更多的碎泡。葦根處偶爾有一兩條小魚，卻是死的；聚著多少多少金頭的巨蠅。

湖岸上的小路中，有些紅綠分明的瓜皮，和兩三隻癩狗；偶爾颳起一半片雞毛，可以算作死湖上的蝴蝶，在灰塵中飛動。

湖北立著古老殘剝的城牆，沒有人，沒有聲音，沒有衛城的巨炮，只長著些半死不活的青草，打著瞌睡。

湖東有一兩座破廟，殿頂的黃琉璃瓦已破碎不全，在日光下勉強的閃爍，像一隻眼的人那樣沒有神采。午間由廟內發出些鐘聲，像宣告著世界的末日。

這是死湖。任憑東海上波浪翻天，這裡不會有一點動靜。

4

湖是死湖，城也是死城。

陰城是個省會，住著至少也有五十多萬人。人多城小，路窄房多，飛塵與炊煙永遠在半空凝成老厚的灰霧，車馬與行人時時擠擦成一團，顯出不必要的熱鬧與叫囂。在燈光下，那層灰霧變成暗紅，像什麼妖人擺下的一座迷魂陣，包罩著人喊馬嘶與成群的鬼影。這魔陣中，有醜得出奇的妓女，穿著久已落伍的衣裝，蜘蛛似的在各個角落結下密網；有闊得不知怎樣才好的軍閥兒女，在窄路上疾馳著最新式的汽車，似乎專為碰人與捲起灰土；有肥碩的各色商賈，渾身是大蔥味兒，擠在那歪斜欲倒的戲園中，欣賞著半班戲；有貪官汙吏的子孫，有錢而無事做，自稱為遺少或隱士，拚著工夫去給歌女寫些對聯，或與二三知己品茗賽棋；有規規矩矩的禿頭布鞋的公務人員，早早的到公所去睡覺，晚間抓工夫打幾圈小牌；有土頭土腦的老表與鄉親，住在沒日光空氣的旅館中，等待著被派為縣知事或什麼專員；有豺狼般面孔的偵探，用鐵鐐與編床擠出嫌疑犯的金錢，沒有錢便沒有命；有成群的軍人，佩帶著古老的手槍，在街塵中喊著一二三四；有各鄉的災民，背著抱著或用筐挑著男女小孩，在街上慢慢的走，茫然全無所歸；有……

平津失陷的消息來到，陰城偷偷的哆嗦一下。哆嗦只能把身上斂縮，陰城要像刺猬似的縮成一團；不，縮成一個小豆，好藏在什麼安穩地帶，或滾到遠方，避免敵人的炮火。有錢的趕緊去到銀行，驚喘不定的簽了支票，取出法幣，塞圓了皮包，緊抱在胸前。汽車都開了走，載著肥胖的男子與土氣而嬌貴的女人，還帶著一些貓狗。火車站擠滿了人，踩死了小孩；買了票的平民沒有車坐，無票而有勢力的上了車而把車門鎖上。有房的把房契揣好，跑向鄉間，有職位的請假把家屬送走。路上擠滿了車馬，鬧成一片，人人計算著自己的事情，抱著自己遇難成祥的希望；國事的危急全表現在幾家報紙的特號字的標題上。城裡空了許多，連天空的塵霧都小了一圈。那負著保衛國土之責實在沒法逃脫的人們，都無可奈何的多吃頓好飯，多喝半斤黃酒，多洗洗澡，多聽聽戲；茶館酒肆與妓院戲園反顯出繁榮，活一天是一天，且先賺個快活。那高官與巨紳們除將金銀財寶運走，還忙著在院中，在屋下，挖掘地窖，即使完全沒用，往下看一看也是舒服的，黑洞洞的足以壯膽。有的實在想不出消憂解悶的辦法，只好再娶個姨太太，以便顯著人多勢眾。有些個市民，生在陰城，長在陰城，逃無處逃，走無處走，只好聽天由命，拜佛燒香。整個的城裡，有慌，有亂，有謠言，而全無辦法。街上連一張虛張聲勢的標語也不見，大家都閉口不談國事。這裡不但沒有抵抗的計畫，連防守的安排也沒人想到；熱鬧慌亂的出奇，在叫囂與浮動之下卻是徹底的空虛。有人而無心，有憂慮而無計策，有力量而自甘生以待斃。全城就這麼哆嗦了一下，慌亂了一回，而後風平浪靜，把一切都交給了命運。

5

大中華有亡國的危險，而沒有亡國的可能。外侮彷彿是給大中華的歷史種牛痘，每種一次，只能使它更堅強挺拔起來。不管陰城是怎樣的稀鬆畏縮，究竟它小能把自己搬到海中，成為孤島。半夜裡，在它似睡非睡之際，疾馳的火車載著英勇的負傷將士來到城外的車站。車裡沒有聲音，沒有燈光，英雄們——河北河南的彪形大漢，湖南廣西的短小結實的戰士，還有些緘默而堅毅的陝西兵——都咬著牙，滴著血，忍著痛，擠在一處，把哼哼一聲都視成最可恥的事。他們素小相識，言語不能完全相通。可是每個人身上的血痕像讓他們感悟到都是黃帝的子孫，用同樣的血肉去爭取大家同享的自由與幸福；在默默無語中，彼此手握著手，腿挨著腿，把肉擠在一處，把血合流成一片，在他們會預言的心眼中看到個光明燦爛的新中國，像剛要降生的嬰孩，正在血裡掙扎。站臺上，也沒有聲音；只有幾盞空寂無聊的燈，照著這列灰硬血腥的車。車頭前射出強烈的一道怒光，車下放出些抑鬱的水氣；一切靜寂。車裡車外的靜寂像兩股氣流正在沖蕩迴旋，各不相容，沒法互相讓步：怯與怒，自棄與自強，苟安與犧牲，在空中，在地上，在人心裡，默默的爭鬥。陰城的車站要拒絕這血腥的車，英雄的血肉要衝破陰城的死寂，激盪起民族生存或滅亡的無聲之潮。

站臺上幾個巡警，困眼矇朧的看著那自戰場附近開來的鐵車。有陰城的飯食與思想在身中與心裡，他們不敢多事，不敢探問，可是又似乎有些感觸與輕微的激動。看著看著，忽然前面吼了一聲，那灰黑堅硬的一條漸漸往前移動；一會兒，像一條巨蛇似的走出站臺的燈火以外，尾上有一顆紅星。他們還立在那裡，可是睏意已失；鼻子上掛著一些難以去掉的腥臭；眼望著遠處。似追尋著一些什麼難以說出的希望或恐怖，他們的心都跳得很快。同時他們也感到一些慚愧，心中責罵著自己為什麼不到車上去看看，去問問，去獻一點茶水；摸著袋中的一二毛錢，他們覺得自己是最沒有同情的人。他們想不出那些傷兵是要到哪裡才能下車，只呆呆的望著遠處的大星。

第二天的夜晚，傷兵車到的更早了一些，車也更長了許多。車裡照樣的靜寂，車外可是爭吵叫喊像失了火似的那樣雜亂。賣香菸水果的小販，扛著郵包的綠衣漢，肩著行李的腳伕，抱著娃娃的婦女，在燈光下擠成一團，前後左右的擁轉，像最大的一個海星在浮動。他們都不敢靠近那血染的兵車，可是心中都微微的感到一些迫切的什麼問題與朕兆，就是自己能以逃避，也不過是暫時的，那列車是鐵一般的頑強，把人心扯住，靜寂而嚴肅的給大家一個眼神——你們怎樣都好，我卻是不可屈服的！

忽然，站臺前的鐵柵關閉了，一群警察都趕奔了前去；一塊小小的白旗在人頭上晃動。暴厲的呼叱，尖銳的喚叫，堅決的反抗；人影亂動；聲與形絞成一團無可分辨的嘈雜，混動，動搖……前一夕的相互沖蕩的默潮，已在這裡變成有聲有色的衝突：陰城的夢境已被清醒的壯烈的一些力量擊破，像一塊石頭投擲在死湖裡，就是「死」湖也得濺起些泥點子。

那面小白旗始終不倒，雖然陰城的黑影逼著它步步後退。白旗漸漸退到站外，旗下的二三十紅似蓮花的口中發出吼聲，一直傳達到那列長而多血的車中，兩方面的心合成了一個，陰城哆嗦得更厲害了一些。

6

無論怎說，陰城是已放進一股涼風，把臥榻上酸暖的臭氣吹散了一些。

第二

1

已是夜半，灰暗嘈雜的陰城，變為死寂。路旁不甚明的燈，與天上不甚明的星，夾著一層灰黃的塵霧；城裡到處靜寂黯淡。有幾處，還能聽到女人的笑聲，麻雀牌的輕響；可是都打不破全城的死寂，正像幾聲犬吠那樣沒有什麼關係。

十幾個巡警，押著五六個學生，正在空寂的馬路上走，走得很快。最末後的一個巡警，拉著一根竹竿，竹竿的末端有塊白布，拉擦著地上的塵土。燈暗處，他們只是一群黑影，急速的移動。燈明處，照出巡警們的面孔，得意，輕蔑，蠻橫，可是正好與陰城的黯淡相配合，地獄的陰暗正宜於鬼臉的猙獰。那幾個學生都挺著身，眼向前直看，臉上沒有任何表情，像幾面銅牌似的紀念著一些什麼壯烈堅貞的精神。他們的頭髮都亂蓬蓬的，臉上帶著血痕，像些匪徒，又像些烈士；不周於表白，他們只挺身前進，一語不發。

到了一座衙門。舊式衙署的大門，把門樓去掉，用兩列磚代替上，顯出改造期間的因循。兩扇黑大門，掩著一扇。門前立著一對武裝的警士，不大怎麼精神。門堆左右有兩堵很長的白牆，牆上畫著些大藍圓光，圓光上的白字已被雨水沖去，只有些點兒固執的留存著，似乎為是引起人們猜謎的趣味。門上一盞極亮的電燈，青虛虛的顯著慘酷而無聊。

巡警們進去兩三個。學生們立在強烈的燈光下，臉上發青，相對無語。其中最高的一個，頭髮雖亂，仍勉強的豎立著；一張輪廓方硬的臉，到處見棱見角；粗眉，大眼，長嘴並成了一道線，腮上微動。他的旁邊，一個矮子，頭小，端著肩，露出一股傲氣來；他的小圓眼斜射著高個子的下巴——碰破了一塊，血已定好。矮子身後，一個女影，低著頭，長而亂的頭髮在燈下放著些光。女影後面又是個高身量的，回頭圓腦，一支胖手摸著右臉上的傷痕。離這個高個子有一步多遠，一個中等身材的扁臉少年，穿著藍大褂，支手用力的在身前交插著，臉上沒有任何動作，像是塑在那裡。巡警們咳嗽，吐痰，前後移動，說話，撣撣衣上的土。五個學生一動也不動。

出來一位巡長，很響亮的道了幾句白，又轉身進去。待了半天，又出來一位巡官，等大家都給他行了禮，才過去看了看學生。看完，立了一會兒，莫名其妙，有些發僵，嗽了一聲，轉身走了進去。學生們還是不動。又待了好大半天，出來一位很矮很胖，滿臉是油的長官。他的胖矮腿移動了半天，才把身上那一整團油肉運到學生跟前。顧不得看他們，他閉上眼豬似的喘了一陣；喘得稍微舒服了一點，他把眼更閉得緊了一些，彷彿是要以穩重自在表示出身分來。直到已無須再喘，他才睜開眼，懶洋洋的看了學生們一眼。而後，用最大的努力，抬起一支短粗的胳臂來，胖手大概的向門內一指。

巡警們把學生押了進去。

2

一間小屋，沒有燈，沒有凳，沒有任何東西；土地上只坐著五個人。疲乏使他們昏昏欲睡，可是飢渴與氣氛令他們難以入夢。他們不願說話，憤怒堵住他們的口；不說，心中又要爆裂。幾次，他們想開口，屋中的黑暗像要乘機而入，噎死他們。陰城的深夜，靜寂得可怕，他們覺得若是吐出一個字，就必定像炸彈似的把一切震碎。

他們所懷念的人不同，所想起的鄉土不同，所追憶的家庭與學校的生活不同，所憎與所愛的也不同。可是，在這五顆幼嫩的心裡都充滿了同一的憤慨。雖然生長在各處，但是這次都來自北平。在北平，他們親眼看見敵人殺進城來，親身嘗受了亡國奴的滋味。他們身在亡城，而心飛到南國。必須出來，必須出來！即使天津是鬼門關，他們也得闖出來，做個自由人，與同胞們攜手殺回去，奪回失地，重到那文化之城。他們不在一個學校，可是這一點共同的情感與希望，使他們一齊闖出天津，結為難友，與四五十個青年，在一面流亡的旗下來到陰城。他們的書已燒掉，衣服放棄，沒有多少盤纏，只憑一股熱氣，兩條會賽跑的腿，扛著小小的鋪蓋卷，往東跑來。沒有一定的地點，幾是未經侵略的地方都是故鄉。沒有一定的計畫，只要不做亡國奴就有辦法。他們的心還沒被世故染成灰色；簡單，所以樂觀。忽略了歷史的鬼影，同時極重視自己的一片熱心。數著自己的脈跳，他們以為是找到了全民族共同的激情與義憤。他們的哭笑只隔著一層薄紗，彼此能看見而互相變化；哭著離了故都，笑著進了陰城。陰城是聖地，是不朽之城，他們恨不得脆在街心，去吻那最骯髒的灰土。到了這裡，他們已經摘去亡國奴的帽子，換上自由的花冠，再沒有什麼可怕的了。

他們聽說車站有傷兵來到，十二個人把小小的鋪蓋卷一齊送到當鋪中，換來十四塊錢。他們有說有笑，非常的快活。別人不去慰勞傷兵，他們必先去倡導。傷兵們是英雄，是同胞，為國家為民族流了血。陰城的人也是同胞，也都愛國，必定不甘落後，也來勞軍。十二個小鋪蓋卷算得了什麼，到處是家，人人是弟兄姊妹；離冬天還很遠，而傷兵就在目前。拿著十四張錢票，他們討論，爭辯，歡喜；終於連一毛也不許留，都買了香菸，餅乾，水果；扯了二尺白布，找了一根竹竿，布上寫好「流亡學生慰勞負傷將士」。一出發，在路上遇到些本城的學生，也自動加入隊伍，有的空著手，有的臨時買了幾毛錢的東西；有男有女，有高有矮，排成兩行，眼睛明亮如星，看著前面那個小旗；最後的兩個才十一歲，也挺著胸，大踏著步。那面小旗在陰城的街塵與燈影中，像霧裡一隻白鴿，傳來天國的消息。

3

巡警們擋住站臺的入口，高個子——厲樹人——的頭髮，本來很硬，幾乎全要直立起來。方硬的臉上白了一些。可是他用盡力量往下按氣，瞇著眼假笑。把話在口中揉了幾揉才敢往外說：「我們是流亡的學生，到這慰勞傷兵。」「什麼學生？什麼傷兵？」一位高大的巡長露出很長很白的牙，神氣帶出來他最討厭學生：「有命令，不准你們進來！」白手套揚起一支：「走！不用廢話！」

厲樹人的臉熱起來。他的大眼彷彿要一下於把巡長瞪碎，可是他又納住了氣，還想和平的交際。他還沒把話想好，平日最自負的金山——那個圓眼睛的矮子——早已擠了過來，像個輕巧的小鬼戲弄個高大的魔王，他歪揚著頭，斜著肩，圓眼在巡長的臉上轉了一圈，而後尖銳的叫了一聲：「誰的命令？」

高大的巡長的眼往下面掃射；還沒找到金山，後面好幾聲「誰的命令」一齊打入他的耳鼓。他的眼立刻往後望，左腳小由的往前邁了一步，全身抖出些威風來。他不怕學生，陰城所給他的糧餉與思想，至少有一部分是為揍好鬧事的男女青年們。見了學生，他不由得感到一種仇恨：「誰的命令？我的話就是命令！」他又往前湊了一步；隔著短木柵欄，他的鼻子幾乎要碰上了厲樹人。

平牧乾那頭長髮極快的由厲樹人腋下鑽了出來，緊跟著一張長俊的臉揚入巡長的視線裡，腮上笑出兩個小而深的酒窩，頂齊白的一排牙溫和爽潔的在他眼中一閃：「巡長！我們已經買來東西，怎好白白的回去；我們絕不叫巡長為難。若是站臺上太亂，好不好我們舉幾位代表，把東西送上車去，馬上就出來？那裡不就是兵車？」她的手向站裡指了一下。

巡長的眼並沒隨著她的手轉動，非常的堅定，他的眼盯住學生，絕不放鬆。他聽見了乎牧乾的話，也覺出話很溫和有理。但是他不能因此而減降自己的威風。再說，他對女學生應當特別厲害一些，平日一見到她們，他就感到一種說不出的厭惡，她們的服裝，舉動，活潑或嚴肅，都使他莫名其妙，如同見了洋人那樣不可了解。隔閡產出了輕視與厭惡；一旦落在他手，他願叫她們現一現醜：把她們的頭髮扯亂，短衣撕破，粉臉打傷，才足以消消他的渺茫而必須發泄的惡氣。

「我說，我不叫你們進去！」巡長把哨子掏出來。「走不走？」他把哨子放在唇邊。

「你太不通人情了！」扁臉的青年——易風——用手指指著巡長的胸部。

「一定要進去！非進去不可！」曲時人圓頭圓腦的沒有什麼高明的話語，只求能把一句話變成幾樣來說：「不叫進去，不行！」

哨子響了。

4

其實呢——高大的巡長想——設若學生們略通人情，先把他請到一邊，送他兩包點心，哪怕只是兩包點心呢，又何嘗不可以叫他們進去呢？可是他們一點人情不懂，而且說話很難聽；可恨就在這裡，一點人情不懂，可恨就在這裡！非揍不可！

厲樹人們根本沒想到，這樣的事也居然會發生衝突。沒工夫去細想，就是去想也想不出任何道理來。氣忿與傷心激出來熱淚，而青年的血氣，又不能被眼淚浸軟；血在沸騰，腦子成了空白，手腳不由的動作起來。他們被怒氣催著，只管往前衝，不管有什麼作用，不管要吃什麼虧。這時候，那面小白旗成了個什麼神聖的標徽，大家緊緊的跟著它，忽前忽後，忽左忽右，沒目的而有無限的熱情，亂衝亂撲。顧不及想勝負，顧不及想安全，前衝就是前衝，一面白旗，一個心眼，為勞軍而來，就必須闖進去！

巡警們高了興，拿學生樂樂手是便宜的。

已在站臺上的旅客，顧不得看外面的紛亂；逃命要緊，拚命往車上攻。還未進站的人們，以為前面是為爭著進站而打起架來；這是常見的事，不足為奇，往前擠呀！巡警得了手，學生被後面的人擠住不能動，還不打老實的嗎？學生們一聲不出，因頭上身上的傷痛，把怒氣都運到拳頭上；打架是沒想到的，可是現在沒法再不還手，打，擠，前面呼叱，後面喧叫，四下裡亂躲亂動，誰也不曉得怎回事。

5

學生們敗散。厲樹人們五個被捉住。

6

「憑什麼打我們呢？」曲時人的胖手又摸到右臉的傷痕；把車站上的經過想了再想，怎麼也想不出道理；本想不言不語，捱到天明再講，可是不由的說了出來。「憑什麼隨便打人呢？」

大家誰也沒睡，心裡也正在想這件沒有情理的事。聽到曲胖子這樣一問，誰都想答言，可是全找不到相當的話。找不出理由的委屈馬上變成憤怒：

「野蠻！」

「怎能不亡國！」

「沒道理可講！」

三個人一齊講，誰也沒聽清誰的，可是那點共同的憤怒使彼此猜測到說的大概是什麼。厲樹人沒有開口，只咬了咬牙。

「慰勞傷兵也有罪！」曲時人的話永遠不足以充分傳達出感情，所以在盛怒之下，還只能嘮叨：「什麼都有罪！咱們要是不從北平出來，咱們是亡國奴！出來了，就……」他找不到話了。

「腳好疼！」平牧乾不肯露出女兒氣來，可是無處可訴的冤屈實在沒有簡當的話來發泄；腳疼是真的，也很具體：「所有的腳都踩在我的上面了！為什麼呢？憑什麼嗎？真恨死人！」

自負的金山與爽直的易風都想不出話來。

「樹人你說！」曲時人推了他一把。

「說什麼？」厲樹人托著下巴——一傷口熱辣辣的發疼。「哼！為救國而受委屈是應當的；為慰問傷兵而挨打是頭一幕！」

「到前線上，被敵人打死，死也甘心！」易風接了過來：「為什麼自己無緣無故的打自己呢？」

「因為咱們有一部歷史！」厲樹人低重的說。

「明天是張空紙，咱們拿血寫上字！」金山由樹人的話得到些靈感。

厲樹人沒有再接言，大家靜默，似乎都揣摩著歷史的陰鬱，期待著明日的光明。

7

第二天早晨十點多鐘，他們還昏昏的睡著，屋門拉開，四個巡警把他們叱醒：

「走！過堂去！」

第三

1

陰城的秋晴像脆梨般的爽利，連空中的灰塵都閃動出金光。厲樹人們由小屋裡出來，黑暗與光明象刀切的那麼齊整，彷彿是一步就邁到了另一世界。無可抵抗的明亮，好似一下子要射穿他們的全身，他們都趕緊低下頭去，免得暈倒。一夜未曾睡好，肚裡空虛，傷痕疼痛，眼前起了金花，耳中錚錚輕響，他們忘了一切，用了整個生命的力量支持住疲軟的兩腿。

迷迷糊糊的走了幾步，他們的頭上出了些似有若無的虛汗，心中稍微鎮定了一點，開始覺到秋光的明暖；院裡幾株楓樹的黃葉猛的打入他們眼中，使他們莫名其妙的，驚異的，要哭出來。同時，他們忽然憤怒起來，要向那藍的天，金的葉，狂吼怒號；把晴朗靜美變作飛沙走石。不約而間的，他們都加速了腳步，彷彿是要去和誰訴冤或拚命。

迎頭來了那位肥短的長官，臉在陽光之下更顯著油多肉厚。為省走幾步路，他老遠向巡警們搖手。巡警們又把學生送回小屋中。本來都想到堂上去痛痛快快的叫罵一番，泄泄心中的惡氣，誰知又受了戲弄。背倚著牆壁，他們不願把罵話叫給自己聽；

不能容忍，而必須容忍，他們無可如何的默默無語。

過了半天，小門開開，兩支帶著陽光的皮鞋邁了進來，剛一進門檻便失去了光澤。一個巡警搬進一個小方凳來，後面緊跟著兩個，一個端著兩盤點心，一個提著把鐵壺，拿著五個粗磁茶碗。這些都放在了方凳上，三個巡警怪不好意思的默默走出去，到院中趕緊交談著，皮鞋發出有力的聲音。

五個人沒覺得什麼不好意思，更無須勸讓，都圍集到方凳附近來。吃與喝並沒給他們任何安慰，可也沒感到汙辱，於不知不覺中他們的心鎮定了許多，漸漸的把眼都轉向院中；巡警們並沒把門關好。院中的晴光，引起他們一些渺茫之感，不是思家憂國，也不是氣忿焦急，也不是完全平靜；他們那未能蛻淨的天真的兒氣，又漸漸活動，使他們要跳到院中，得到空氣，日光，與自由。自由與快樂是他們理應享有的；可是困難與掙扎都無情的加到身上來；青春與秋景分占著他們的心靈，他們茫然。

2

快到晌午了。他們又被傳去。這樣的來回擺弄，更激增了他們的憤怒與堅決。同時他們又急願完結了這一幕酸苦無聊的喜劇，願無拘無束的去享受那陽光與自由。青春的活躍與橫來的壓迫，使他們在憂鬱中仍不放棄希望，在義憤裡幾乎可恥的想到妥協。

不，不能，絕不能妥協！他們必須一拳打在陰城的臉上，使陰城至少也得承認他們的力量與熱烈。即使陰城絲毫不動，一味的頑強，到底他們應當表現自己，表現出民族的青春與血性。

他們決定到堂上去爭辯，去呼號；叫「大老爺求饒」與「容情」是過去的事了；他們絕對不能再用歷史上的恥辱去求苟全，去汙蔑了新國民的人格。

直爽的扁臉的易風，像籃球隊隊長向隊員們發著緊急命令似的：「叫樹人領頭去說，別亂搶話！」

厲樹人謙卑的，又好像是無所謂的，笑了一下。

自負的金山不肯輕易放棄了發言權：「誰有話誰說！」圓眼睛馬上向巡警們掃射，好似向他們挑戰。

曲時人似乎沒有聽見什麼。他非常的睏倦。可是仍自昂著圓頭，用盡力量維持著尊嚴與勇敢，顧不得聽別人的話。

平牧乾是唯一的低著頭的，看著自己的走路不方便的腳，眼角撩著男人們的旁影；忘了自己是男的，還是女的；忘了自己有家，還是沒家；茫然的酸辛與愛國的熱烈把兩點淚擠在眼角，不敢流落。

3

到了一間屋裡，不像是公堂：桌子上鋪著塊臺布，用茶碗底的黃圈與墨汁的點塊組成了自由圖案；桌旁有幾把稀鬆活軟的藝術鐵椅，鐵櫃上的鏽厚薄相間，頗似一些花紋。牆上掛著以寫「老天成」與「聚義老號」出名的那位書家所寫的對聯，因裱得匆促一些，像褲管似的卷捲著。

沒有什麼客氣，他們五個都坐下了；藝術鐵椅發出一些奇怪複雜的響聲。坐好，他們的眼不約而同的都看著那副對聯；那些字的肥厚俗鄙，使他們想起那位肥矮多油的長官。

「都站起來！」由一條被油膩糊滿的喉中，彷彿還夾著幾塊碎肥肉丁兒，黏糊糊的，疙瘩嚕嗦的，像一口痰似的，噴了出來。

隨著這句話，那個肥矮長官已立在門口，正對著那副對聯。喘了一陣，他喉中又冒出些話來：「誰叫你們坐下的？太不知好歹了，太不知好歹了！」語聲裡含著一些哀怨與用油浸透過的怒氣，怒而不暴。

他們都沒動，大家的眼由對聯移到胖子，由胖子移到對聯，彷彿是比較哪個更肥，更俗鄙。對於這兩項俗鄙的東西，他們都不願說什麼，只是感到厭惡，厭惡之中略帶著一點點好玩的意味。

胖子看他們依然坐在那裡，把臉慢慢漲紅，冒出更多的油來。可是，他沒有任何的動作。為保持身分，他本該指揮手下人去強迫他們立起來；為省得著急發喘，他頂好一動也不動；臉紅便是這個矛盾的結果。把胖手放在臉上，卷弄著小油泥撅兒，他也欣賞起來那副對聯。

又待了一會兒，窗外圍滿了巡警。胖子更著急了，他知道局長們馬上就會過來，而這五個不知好歹的東西還紋絲不動的坐著。他想往前來，強迫他們起立，可是腳指頭只在寬大的皮鞋內動了動，並沒邁步；他真著急，也真懶。學生們坐得更隨便了些。看見窗外的武裝警士，那麼多，那麼威武，他們不由得想到些淺薄而近情理的話：「跟日本人講講橫好不好，欺侮幾個學生算哪道威風呢？」無聊的示威只足招來輕蔑，他們故意的做出搗亂的姿態來，以青年的輕狂對付老年的昏庸無理。

窗外許多雙皮鞋的後跟一齊碰了碰，很齊很響。胖子急忙閃在一旁，短臂用力下垂——像兩根木棍夾著一個大油簍。發困的眼也居然露出一些光澤；不知往哪裡看才好，眼珠向左右偷偷的活動，像討人憐愛的母狗似的。

兩位局長來到門前。警局局長是個矮子，制服皮鞋都很講究，臉上掛著煙灰。教育局局長是個高個子，一身頂不起眼的公務員制服，布鞋，臉上老是笑著，笑得沒有因由，沒有間斷，非常的俗氣。

兩位局長在門口謙讓了好大半天。警局局長臉上的煙色越來越灰暗，表示出為盡地主之誼，不能不讓朋友先走；可是也表示出一些勉強，心裡老大不高興，還不能不顯出規矩知禮。論實力，論收入，三個教育局局長也抵不住他一個。階級儘管相同，可是身分的高低還到底在「缺」的肥瘦冷熱上去分。他當然看不起教育局局長。再說，學生們鬧事，本該教育局出頭，但是每一回都須警局去鎮壓，受累，而且費力不討好，等到學生已都拿來，教育局局長才露面，三說五說的把他們帶了走；又省事，又買好；事完之後，至多也不過請警局的重要人員吃頓館子。為這個，他對教育局局長——不管是多麼好的人——總覺得輕微可厭。假若沒有這個可厭的傢伙，好吧，你們鬧吧，該囚的囚，該揍的揍，該殺的殺；再鬧？也得敢！不幸，政府裡非有這麼個傢伙不可，於是事情就永遠不能順手，而學生是偷空就鬧騰。看，看這個滿面陪笑的東西！沒辦法！

教育局局長早曉得這個，所以老是笑著。自己的差事當然是趕不上警局了，可是地位與身分總是同等的；得罪警局是蠢笨的事，向他求情或道歉也大可不必。多笑一笑總顯著客氣，而客氣與自餒並不是一件事；反之，客氣倒略與虛情假意相近；雖然虛偽是個不甚好聽的字，可是與手段能打到一氣。

彼此謙讓了好久，警局局長的灰臉的表情已帶出點超過於勉強，教育局局長才無可如何的笑得更空洞了些，承認了客位的優越，巧妙的搶了警局局長一肩，只是一肩。

誰也沒注意到五個學生，他倆又開始讓座位。警局局長早看見學生們還安然的坐著呢，可是學生是教育局局長的屬下，他不便於發氣而給朋友以難堪。教育局局長也早看出學生們不肯起立致敬，設若登時發作，而不幸碰了釘子，便更使朋友看不起自己，證實了自己的差事確是沒有多大的威嚴，彼此謙讓，有說有笑，眼睛都不向學生那邊轉動；坐下以後，覺得很自然的大家都在那裡，一點也不彆扭。

彷彿是為增加這點自然勁兒，教育局局長笑著請警局局長訓話。警局局長當然不肯。教育局局長當然再敦促；當然又得到更多的謙拒。實在沒了辦法，教育局局長只好恭敬不如從命的立了起來，笑得微微發僵，而面上的筋肉力求開展。眼睛望著那副對聯，他先活潑靈動的扯了扯制服的下沿，細條的身子向直裡挺了挺，像預備作深呼吸運動。而後把肩鬆下來，右手放在桌布上，手指輕輕敲了敲。

4

教育局局長先捧了警局局長一大場，每句裡都有與「十二分」或「竭誠的」同樣或更好聽的字眼；把這一類的詞兒都用淨，他才不得已的作一小結尾。

說到了學生，他十二分的可惜他們把極可寶貴的光陰，用到慰勞傷兵上去，而沒能專心去讀書；倒彷彿他一點也不曉得平津已經陷落。自然他也十二分的同情於他們，因為他們都正在血氣方剛，在行動上難免有失檢點。他十二分的慚愧未能在事前知道，設法避免衝突；這自然不完全是他的疏忽與錯誤，因為他們並不是陰城的學生，因此，他十二分誠懇的希望他們承認，學生與警士之間必是因了誤會而起了小小一點爭執；更非常誠懇的請求警局局長原諒他們。假若可能，他十二分的，啊，希望局長在他們悔過道歉的條件下，釋放了他們；不必對他們太認真了；他們究竟是外鄉人，不能完全明曉陰城的一切，啊，啊，一切，完了。

厲樹人們本預備去到公堂上爭辯，譴責，甚至於不惜叫罵。這種公堂雖然是無理可講的地方，可是多少要有些威嚴；他們願意以硬碰硬，好漢是不怕到刑場上去的，即使死得冤枉。他們沒想到，沒預備，來聽訓話，特別是這樣的訓話。

他們根本不想聽笑話，他們沒心思去笑一笑，而局長的訓話恰好是最沒意思的笑話與扯淡；所以他一張口，他們便叫耳朵停止了作用。這種軟得像糖稀的話引不起他們的駁辯，激不起他們的怒氣，何必去聽呢；聽了不過使他們覺得噁心，髒了他們的耳朵。他們看了對聯，端詳警局局長的臉，手指在臺布上亂畫；把無可發泄的怒氣按在心中，而以輕蔑消極的抵抗俗鄙無恥。

訓話完了，他們沒有任何表示。他們想出去散逛散逛；一個局長臉上的煙灰，與一個局長臉上的賤笑，叫他們難以再坐下去。他們絕不想說什麼，只求快快的能出去。他們要打，都不願把拳頭打在教育局局長的臉上，那張臉上掛著官場中所有的卑汙，與二三十年來所積聚的唾罵。悔過咧，道歉咧，他們全沒聽見。

教育局局長請警局局長訓話。警局局長決定不肯。他知道自己沒有那麼多「十二分」與「熱烈的」，何必當著大家獻醜。他也知道把學生們押起來或換一頓是更有效的辦法，用不著耍嘴皮子。

教育局局長還笑著，可是笑得不大順勁了。眼前是個僵局。他得另想主意，至少也別叫場面上老這麼空寂著。沒立起來，彷彿是順口答音的，他自己又說了話：

「諸位都來自遠地，與我並沒有絲毫的關係，我純粹是為幫助。而且我之所以來，也是受各地流亡學生的請託；我是陰城的教育長官，根本，啊，管不著，啊，不該參與諸位的事。我十二分的相信諸位都是很明白，很清楚，很有前途的，青年；我與這位局長是老朋友，極要好的朋友，我們都極希望諸位本著讀書救國的精神，不使自己吃虧，也不叫我們為難。諸位是流亡的學生，我們所以才這樣的優待諸位；不過，假若陰城有朝一日也失陷了，陰城的學生自然也得流亡，這並不算怎麼了不起的事，流亡不能算作一種資格，是不是？我十二分誠懇的希望諸位能明白我們的困難與我們愛護諸位的熱誠，極早的，以誠相見的，結束了這樁不幸的事件！」

說完，他幾乎是含著淚的笑著，希望學生們受了感動而設法下臺；他們肯下臺，他才能免得當場丟臉。

學生們依舊不聲不響。

警局局長沉不住氣了。他真願懲治懲治這群小東西們，可是政府的氣概已被這位會說「十二分」的傢伙泄盡，再施威還有什麼意思呢。算了吧，教他們滾他們的吧，反正日本人來到，這群東西們也是刀下之鬼；一個局長，和這群不知死的鬼們嘔什麼閒氣呢?他向教育局長嘀咕了幾句,教育局長眼中媚裡媚氣的,連連點頭,彷彿他十二分的能欣賞,接受,別人的建議。

兩位局長退席。

學生們又被押送到小屋裡去。

到差不多快五點鐘了,那位肥矮的長官帶著四個警士,把他們領到大門。誰也沒說什麼,就那麼不清不明的完結了這一案。

5

出了警局的大門,他們不由的感到些快活。看著街上的車馬,天上的斜陽,他們的臉上天真的現出些笑容。可是,走了沒有幾步,那點笑容就被心中的一大團苦惱與困難給吸並了去,像一大塊黑雲卷滅了一片飄浮的明霞。

他們上哪裡去呢?家,回不去。學校,已變成敵人的兵營。錢,沒有。鋪蓋,在當鋪裡。除了身上薄薄的一兩件衣服,只剩下一顆熱心與一股熱氣;而這點心氣又不幸的落在了陰城，像一滴開水落在了冰山雪海上。最後，他們心中畫起了一個極可怕極大的問號：國家到底有沒有希望呢？

這個疑問使他們顧不得再想警局的那一幕。吃虧也好，受苦也好，只要國家有希望，個人那點點委屈根本不算一回事。國家與個人，在這時候，是那麼密切的連繫在一處；他們的流亡，因為國土失陷；他們的將來的一切，要看國家能否復興。自己是一棵小草，國家是土地。土地已失了那麼多，而陰城，以對待他們的態度來推論，也難久守。他們的淚沒法不在眼中流轉了；欺侮他們的事小，失去國土的事大；陰城由可恨可惡，一變而為最可愛可貴的了。可是愛莫能助，陰城拒絕著一切；而他們無衣無食無去處。一座活著的死城！他們怎辦呢？往哪裡走呢？走又有什麼用呢？

他們呆立在路旁，極勇敢的落著勝敗興亡之間的熱淚。

第四

1

他們回到流亡學生的住所——一座破廟裡。由教育局局長的話裡，他們知道大家曾經營救他們；或者大家還去慰問過他們，而被巡警們擋了回去，他們猜想。想到了這個，他們三步當作一步走的，急快回到廟中，好把熱淚，委屈，和一切要說的話，都盡情的向大家傾倒出來，彷彿大家都是他們的親手足似的。他們沒有錢，沒有鋪蓋，可是准知道一見著大家就都不成問題，大家有主意，有同情，至少會給他們一些吃食，和找一些乾草給他們墊在身底下。一塊鍋餅，一碗水，一束乾草，只須與大家在一處，便是天堂；青年與青年間的同情會把苦難變作歡笑與甜美。

高高興興的，他們進了那座破廟，彷彿是往金碧輝煌的宮殿裡走呢；破牆頭上的秋草，在夕照下，發著些金光，使他們感到痛快爽朗。

院裡，破殿裡，不見一個人，莫非大家都搬走了麼？搬到個更好的地方去了麼？更好的地方？有什麼地方能比這座破廟更好呢？不知是怎的，他們這樣的喜愛這破廟；假如大家真是搬到個更好的住所去，那只足以使他們五個人失望。他們幾乎是狂暴的，倔強的，到各處去搜尋。他們絕不相信，大家會這樣拋棄了他們，至少他們也必須找到一兩個人。他們用意志強迫著自己這麼相信。這麼搜尋；必須見到一兩個熟識的臉，把這兩天心中所積儲的話先像暴雨似的傾瀉出來，不管別的，不管別的！

把破廟的每一角落都找到了，找不著一個人。他們默默的，極慢的，往外走。誰也不敢出聲，連咳嗽都不敢，倒好像這是座極高的雪山，一個嚏噴就會崩裂毀滅！

在門口，他們遇見了看守破廟的老人。

「他們？」老人想了好一會兒，似乎是想著相隔很久的一件事：「嘔，他們哪？今天晌午都上了火車；聽說是上南京，還是漢口，記不清了！」

撥給流亡學生的車，他們知道，一星期只有一次，而且這一次還不完全可靠。大家不肯放過這次車去，是當然的，誰願久停在陰城呢。他們知道這個，當然也就不怨恨大家的急忙南下。他們對大家沒有什麼不可諒解的，可是他們自己怎麼辦呢？沒辦法！因自己沒有辦法，便不由的把對別人的原諒勾銷，他們覺得世間並沒有同情，沒有義氣，他們是流亡到一座荒島上，連共患難的朋友們也棄捨了他們。他們坐在了廟門外的破石階上。

2

太陽快落下去，一群群的歸鴉扯著悲長的啼喚，緩緩的，左顧右盼的，偵找可以安棲的大樹。他們五個還不如這些烏鴉。住在廟中大概可以沒有問題，可是「住」並不是只有一塊地方的意思。烏鴉是可羨慕的，牠們自己帶著羽毛；他們不能就那麼臥在地上，連張可以墊在身下的報紙也沒有。

「咱們得先給牧乾想主意！」扁臉的易風向厲樹人說，眼睛故意的躲著平牧乾。

「她不應當跟著咱們受這個罪！」

厲樹人點了點頭。他同意這個說法，可是想不出辦法來。

平牧乾，正像易風所顧慮到的，想抗議：她「怎麼」不可以受這個呢？不錯，假若有個女同學在一處，她當然能夠更自由更方便一些。可是事實既不這樣，為什麼她就不可以硬挺下去呢？有什麼理由不應當硬挺下去呢？她想到了這些，她有往下硬挺的決心，但是飢餓疲乏已使她講不出話來。不便說什麼，她心中反覺得安靜了一些，像個有決心，不多說話的硬女兒。

「你們在這裡，別動！」曲時人說著，立了起來。「我去碰碰看，我在這裡有個朋友，看他能幫忙不能；你們千萬別動！」他的胖臉上似乎已瘦了一圈，可是還撐著勁兒把眼睜得很大。走出幾步去，他又回頭囑咐了句：「可是千萬別動！」

曲時人好像把陽光都帶了走，破廟門上紅了會兒，空中已慢慢起了一些停匀的黑影，掩去餘霞的明彩。麻雀們開始在門樓上低聲的啾啾，像已懶得再多談的樣子。

「看樣子，我們沒法再往下住。」金山彷彿專為抵抗那漸漸深厚了的黑影似的，揚著頭向空中說：「再有車，咱們就得走。」

「上哪裡去呢？」易風搖了搖頭，語聲很低。

「走也好，不走也好，」厲樹人立起來，兩臂來回搶動著。「在國運不強的時候，個人能決定什麼呢？」

「反正我不預備再去讀書，」金山也立了起來。

「我也不能再拿書本！」易風想了一會兒，「哼，我真願意扛起槍來，在黑夜裡，頂黑的夜裡，去打一仗，子彈打出去的時候，發著紅光，像畫上畫的那樣！我的脾氣爽快，最好是去當兵！」彷彿是覺得把自己說得太多了，猛咕叮的他轉了彎：「牧乾你呢？」

「我？」她愣了一會兒，好像是沒有聽明白。「我不知道我會做什麼，和應當做什麼。我只覺得我有點用，我也覺得四面八方都等著我去做事——」

「陰城反正沒等著你！」金山的自負和聰明往往逼迫著自己給人以難堪。

「你怎麼知道？」厲樹人把話接了過去。「你不能拿今天的事斷定明天。假如你相信陰城無望，那就是你不相信中國會復興起來！」

易風沒等金山開口，「餓著肚子先別拌嘴！」

「這怎會是拌嘴？」金山反倒把槍口對準了好心的易風。「我不過是那麼一說，誰又真相信——」他把話嚥了回去，因為下半句有點自打嘴巴。

大家又都沒的說了，天已黑起來，破廟裡外都非常的安靜。立著的又坐下。彷彿這樣便可以使曲時人早些回來，可是許久許久連個人影也沒有。心裡越急，天上的星越密，密得幾乎使人害怕：漆黑的天上，滿滿的都是細碎閃動的眼睛。

「這小子大概不會回來了！」易風對自己念叨著，並沒希望別人答話。待了一會兒：「他也許迷了路！」還聽不到應聲，他決定把話都說給自己聽：「朋友不在家，可能！在家而不願幫忙？或者他獨自留在那裡，把——」

「少咕哪點行不行？」金山沒有好氣的說。「我心裡直鬧得慌！」

易風不再念叨，把頭低下去，閉上了眼，想忍一個盹兒。

廟前的巷裡過去幾輛小車，前後兩個賣燒雞的，人聲與吆喚是那麼清楚，可是他們面前始終沒有人過來，彷彿前巷裡是另一個世界，絕對與他們沒有關係。風漸漸涼起來。風越涼，星越亮，他們心中越發辣。易風的頭上見了一些涼汗。他又想說話，可是只咳嗽了一兩小聲，心裡說不出來的難過。平牧乾也撐不住了：「他怎麼還不來呢？」

她這一句，其實是與易風的話完全一樣，可是由她口中說出，大家立刻都心軟起來，一齊把關切與盼望全表現在言語中：話很多，都不很扼要，可是彼此間增高了同情，像兄弟姊妹那樣互相安慰，而且把抱怨曲時人改為懸念與不放心。

大家正在這麼喊喊喳喳的亂說，曲時人突然走到他們面前，使他們驚喜，一齊發問，並且兒氣的拉住他的手與臂。

3

到了洗宅，已差不多是九點鐘了。

洗桂秋——一曲時人的朋友——的臉俊美得使人害怕，像電影中以風流漂亮馳名的軟性男明星那樣可怕。明亮的眼，雪白的牙，光澤香潤的頭髮。使人驚異的細嫩白皙的皮膚，加上最講究的西裝，再加上最高傲的淺笑，與最冷雋的話語——句子短，音聲甜脆；他自頭至腳無一處不顯出目空一切，超眾出群的神氣與配合這神氣的修飾。

屋中的擺設布置，都非常的雅潔得體，好像每一件小東西都在感謝它的主人的恩惠而竭誠的為主人服務與捧場。那淺灰地翠竹花樣的地毯，像用那些細潤綿軟的毛兒捧著他的腳，叫他每個腳指都落得舒服合適；別的物件也都這樣從主人得到光榮，然後竭盡才力的散映出效忠的光輝。

曲時人的胖腳首先把地毯上的綠竹葉蓋上了兩個大腳印，洗桂秋的眉微微的一皺。他——一曲時人——沒看見這個皺眉，仍然熱烈的，真誠的，嘮裡嘮叨的給大家介紹：

「厲樹人，學哲學的，好朋友；平牧乾，藝術家；金山，才子，什麼也不學，什麼也都會；易風，英文學系二年級，直爽可愛！洗桂秋，我的好朋友，思想最激烈不過！」

「哪裡？坐，坐！」洗桂秋手中鬆鬆夾著的煙卷輕巧的向沙發上點動。

大家的手，腳，與心，幾乎完全沒有地方放。臉上的泥，鞋上的土，衣服上的血跡與泥汙，本來就足以使一個青年自慚形穢；而這些又是放在這麼明潔的環境中，他們覺得那沙發上是有些刺。特別使他們難過的是洗桂秋，他們的裝滿了憂鬱悲憤的心裡，萬沒想到在這個破亂的國家裡還能有這樣的人存在。由自慚漸漸的變為厭惡對面的那個明星型的青年，他們願意立刻回到破廟去——那裡最宜於他們，正像這裡最宜於這個明星少年。平牧乾極慢而堅決的把腳藏起去。金山卻故意的把兩隻滿是髒土的鞋伸出來。洗桂秋的眼角撩到了這隻鞋，可是輕快的轉向平牧乾去：

「妹妹就來陷平小姐。」他的頭微微一點，腮上可有可無的現出一點點笑意，而後把香菸放在唇邊，揚起頭想著一點什麼。

「我們——剛才不是告訴你了？——還沒吃飯！」曲時人絕對的不管什麼是應有

的客氣，或者幾乎是故意的假充鄉下佬，假如他也會假充的話。

「就來，就來！」洗桂秋向大家說，表示出鶴立雞群的氣概。然後橫過腕子來，肘平，頭微偏，用看不看並沒多大關係的眼神找到手錶。「還早，剛九點。我一向是十點左右吃夜飯的。」

僕人進來獻茶。

「先吃杯茶，飯後有咖啡。」然後，洗桂秋的眼仍看著大家，而語聲低重了些，表示出是向僕人發令：「去請妹妹！」

僕人像個懂得規矩的大貓似的，輕巧的走了出去。

4

洗桂枝沒有她哥哥的俊美。臉上分明是費盡了工夫修飾的，可是並沒有多少美的效果。眉畫得極細極彎，頭髮燙得非常的複雜，藍眼圈，紅嘴唇；可是眼睛沒神，鼻子小而不很秀氣；使人覺得那一番修飾有些多此一舉，而那又恰好是她自己的事，不便多口。或者她自己也略微知道點這個情形，所以把衣服裁縫得極講究，還隨時的做出許多靈動的身段，要用風度補救姿色上的缺陷；假若這還無濟於事，她最後的一招是用嬌貴傲慢去反抗著一切。

一進屋門，她便奔了平牧乾去，用極嬌婉的聲音，和最柔媚的姿態，坐在牧乾一旁，向她親近。說了些話，看過了自己的細白手指，又拉好了膝上的衣褶，她才向大家淡淡的一點頭，似乎是不屑與他們這群髒小子過話。她的哥哥也就沒張羅給她與大家介紹，彷彿大家必會理解她是他的妹子，而大家是誰便無須叫她勞神了。

坐了一會兒，她把牧乾拉走，去梳洗梳洗。

她們出去，大家想不出有什麼話可講。曲時人既是介紹人，本想說幾句，省得發僵，可是連乏帶餓，他止不住的打哈欠，落著很大的淚珠。大家，像受了傳染似的，也都跟著張開了口。他們恨不能立刻歪在沙發上，睡去；飯吃不吃已似乎沒多大關係了。可是他們必須勉強掙扎著，因為酸困的眼前，還有那麼一位俊美的明星。他們幾乎忘了他是誰，但又必須承認他有一種威力與優越，不能在他的面前太隨便了。這種勉強的掙扎，使他們感到非常的苦痛，好像是受著一種非刑。

好容易，她們回來了。平牧乾的臉上也擦了粉，發上抹了油。洗桂枝懶懶的對桂秋一笑，似乎是說：「看我多麼有本事，連個逃難的女子也能被我打扮得怪水靈的！」牧乾的確是很好看，桂秋對她更客氣了許多，就是厲樹人們也好像忽然看見了一個新女友，把睏意消失了一些。同時，他們又想要責難她，不該任著桂枝擺弄。看看俊美的牧乾，他們幾乎要害怕起來，生怕她不再與他們同行；雖然她若不去吃苦受罪，也並不是不可原諒的事。

5

飯後，大家的精神壯起來好多；雖然還很睏乏，可是可以勉強支持一會兒了。飯食很好；唯其因為很好，所以倒引不起大家的感謝。他們根本看不上洗家兄妹這種生活，他們的心完全沒在飲食起居上，他們是流亡的學生；亡國的滋味不是一頓好菜飯所能改變的。

假若洗家兄妹真要得到感謝，那只有一個辦法——允許他們快快去睡覺。可是，桂秋早已決定好要和他們談一談，叫他們知道他是何等的高明與激烈。吃了他的飯，就必須聽聽他的議論，這是一種責任。他們困?他有煮得很濃很香的咖啡，給他們提神。

喝過咖啡，他們的眼都離離光光的睜著，身上痠軟，可是心裡離心離肝來了一股飄搖不定的精神。連洗桂枝沒有精神的眼也放出一些興奮的光兒來。洗桂秋點上了長大香貴的雪茄，噴了一口菸，向大家抿嘴一笑：

「時人，請告訴我，你們幾位都站在什麼立場上去救國呢?」他把「救國」兩個字說得特別的不受聽。

曲時人一時答不出話來。扁臉的，心直口快的易風開了口：

「以我自己說，我沒有什麼高明的見解。立場?我看把我所有的力量拿出來，直接的或間接的去殺幾個敵人，便是我的立場。一個兵，只能流出他所有的那些血；但是每個兵若都能為國流盡他的血，便是肉作的長城。別的，我不知道，也不想知道！」

桂秋看著雪茄煙的頭兒，嘴角漸漸向上兜。等易風說完，他假笑了一下：

「假如咱們也都像兵們那麼簡單，咱們的血也不過是白流在地上，對誰也沒有好處！」

「你說應當怎辦呢？」易風趕著問。

「我們必須有我們的政治的立場與信仰。」桂秋的臉上一點笑容也沒有了，語氣非常的堅決。「假若在最前進的理論與信念裡，流盡我們的血，我們的血便沒有白流；反之，我們只是自殺。在最前進的思想裡，救國等名詞是凡庸，為國捨身是偏狹，最有意義的流血，也許無益於國家；國家滅亡，也許正是真正和平的實現。」

「假若明天敵人來到這裡，」金山的圓眼放著攻擊的光兒，「你怎麼辦呢？」

桂秋又笑了，可是輕蔑的：「崇高的理想和瑣屑的現實中間，有個很大的距離；我不願為自己顧慮什麼。」

「你也不為被殺戮奸劫的同胞們顧慮什麼？」金山的眼光好像要釘入桂秋的肉裡去。

桂秋冷笑起來：「老實不客氣的講，我實在不願聽同胞這一名詞，同志似乎較好一些。假如同胞們被日本人殺掉，而同志可以乘機會發揮戰鬥力量，那也無所不可！」

「你們說點別的好不好？」桂枝皺著眉，縱著肩，極嬌弱婉轉的說：「說點，比如，戲劇與電影。噢，牧乾，明天咱們去看電影好不好？」

牧乾笑了笑，沒說什麼。

「這倒是個困難，」桂秋用雪茄指著他的妹妹，「日本要是真到了這裡，咱們可就沒有電影看了！」

「你老是這樣嚇唬人！」桂枝極敏捷的立了起來，噘起來鮮紅的嘴唇。「我已經愁了好幾天！萬一日本來到，咱們得逃走，咱們的東西怎麼帶走呢？」

「有錢，哪裡也有東西，我的小姐！」桂秋真的笑了，似乎他很愛他的妹妹。然後，他急忙的板起臉來，向大家說：「仇恨是軍人與軍人之間的，諒解是人與人之間的；把國家觀念放在一邊，用不著流血呢，心中就非常的靜朗；必須流血呢，效用就更大，至少大於為國報效。」

「你看，我們幾個都應當——」曲時人老老實實的問。

「應當把熱心放在冰箱裡去冷一冷！」桂秋因為得意，把菸灰落在了地毯上一堆，想低頭去吹一吹，又不屑於，心中頗為混亂。

「成個冷血動物？！」金山楔進去一句，也很得意。

「熱血的小國民，冷血的世界革命者！」桂秋的眼掃射著大家，似乎等待著大家給他鼓掌。

厲樹人忽然立了起來:「對不起，我們若能睡在這裡，現在就是睡去的時候了。我們太疲乏了。」

「咱們先走，」桂枝扯起牧乾來，而後向大家一扭脖:「Goodnight-」

「那麼就明天再談，」桂秋有些失望。「明天十一點吃早餐。時人你喊一聲趙元，他會帶你們去休息。」他慢慢的立起來:「可千萬別走，明天咱們還得暢談!吃住都不成問題，家裡很有倆糟錢!還有，在我這裡說什麼激烈話也沒有危險;陰城那幫官吏還不敢來捉拿我!趙元!」那個貓似的僕人已立在門外，「明天預備好各位的牙刷毛巾，牙刷要那種中間窪下去的，毛巾要先用開水燙好。」

金山想故意的說，他可以不刷牙洗臉;剛要張嘴，厲樹人拐了他一肘。

6

曲時人幾乎是把衣服還沒脫完，就睡著了。

金山因咖啡與剛才說話的刺激和興奮，連串的打哈欠，而睡不著。聽見厲樹人在床上翻身，他問了句：

「樹人，剛才你為什麼一言不發？」

「有什麼可說的。他什麼都有，只欠一點前進的思想，所以就拿思想作個玩藝兒耍耍。思想，有兩本書就夠說半天的；賣命，可是得把所有的一切都犧牲了。一個殉國的壯士，哪怕他一個字不識呢，是和聖人有同等價值的。跟他——桂秋——有什麼可說的呢？他要跟咱們講理論，理論永遠講不完，而敵人的炮火並不老等著我們。理論永遠越講越分歧，而戰爭需要萬眾一心——軍隊裡只有命令，不許駁辯。」

「假如敵兵真來到了，你看他怎麼辦？」

「他會上香港去講立場去！」

「咱們明天怎辦呢？」

「快睡，明天早早起來，再想辦法。」

「喝了咖啡我就睡不著，這小子真損！」

厲樹人沒再言語。

第五

1

他們五個人之中，要算金山的思想最激烈。正像曲時人所說的，他什麼也不學，什麼也都會。在學校裡，同學們呼他為才子，教師們不敢惹他。他知道自己聰明，所以講堂上的功課，他不大去聽，不管那些功課對他有用與否。他專念講堂上不講的新書；把新書讀厭，或是讀不通了，他便去讀些冷僻的書，作為消遣。這些冷僻書的閱讀差不多是使他成為才子的主要原因。那些書並不奇，而冷僻沒人肯去念；他並不淵博，但能利用這些冷書突擊教授們，使教授們沒法開口，惶愧的自認學疏才淺。金山便成了才子。至於他讀的那些新書，別人也曾讀過，並且別人讀得或者比他還仔細還清楚。因此，他只能在舉止行動上表現得更放蕩不羈，比別的同學都多著一股「新氣」，假若不能比他們多著些新知識與新思想。

他並決無意取巧，用最小的勞力取得最大的成功。不，他不是這樣的人。他只是沿著青年好勝好奇的心，把自己的聰明老掛在最明顯的地方；慢慢的，自己想改變態度也無從轉過彎子來，只好就那麼一直的下去，於是不能不自信自負，聰明的上面塗飾上一道狂傲的顏色。

可是，他看見了。他看見了城頭的太陽旗，看見了路旁的死屍，看見了學校變成敵人的軍營。他那些新書，經解除了武裝的保安警察的勸告，都一把火燒完。圖書館那些冷書，再也不給他以摸住書皮上的塵土的機會；圖書館已全關了門，而善本的圖書已被日本強盜用卡車拉了走。什麼都沒有了，他成了亡國奴！新思想麼，新姿態麼，才子麼，革命青年麼，都是廢話；要救國，得簡單得像個赳赳武夫；血肉是真的，只有犧牲了血肉才能保住江山，別的都是瞎扯。是的，他一時不能完全改變了他那狂傲的態度；可是，在心裡，他不能不把愛國的熱氣代替了空洞的自負。

在平日，他必定會和冼桂秋這樣的人紅了脖筋的駁辯，或變成頂好的朋友；今天，他簡單的凡庸的問冼桂秋：「假若明天敵人來到這裡，你怎麼辦呢？」因為他看見了亡國的事實，嘗到了亡國奴的滋味。

他絕不想和冼桂秋交朋友，他願意急快的離開冼家。

2

平牧乾學繪畫，都只是因為考不上比藝術學院入學試驗更難的學校，她並沒有藝術的天才。她好看，她溫和，她的人比她的繪畫成績好的多，她不故意的去浪漫，但是也不完全拒絕藝術學院裡一般的小故事與派頭。出自小康之家，她自己承認是位小姐；入了藝術學院，在小姐上自己又加上「最摩登的」。

仗著自己的青春與俊秀，她不為將來想什麼，今日的美貌與快活直覺的使她預料到來日的光明與享樂，所以用不著顧慮與思索；春天的鳥是只管在花枝上歌唱的。

家在天津東局子飛機場附近，斷了消息，她也不敢回去。一兩天的炮火，使她變成個沒有家的女郎，沒有國家的國民。一兩天的工夫，使她明白了向來沒有思慮過的事情。平日，她與國家毫無關係；照鏡描眉是世間最有意義的一件事；今天，她知道了國家是和她有皮與肉那樣的關係。她不敢回家，不能回家，也不屑回家，她須把「小姐」扔得遠遠的，越遠越好；她須把最摩登的女郎變成最摩登的女戰士；眉可以不描，粉可以不搽，但槍必須扛起。

洗桂枝的享受自然又比平牧乾豐富的多，但這只是程度上的不同；要在平日，平牧乾是頗可以與洗小姐心氣相通，結成膩友，在一處講講服裝，談談戀愛的。現在，平牧乾可是沒有這個心程；反之，她看洗桂枝有點奇怪。洗桂枝讓她搽粉，的確是巴黎的真品，香細柔潤；可是搽在臉上，她覺得極不自然，好似流亡了幾天，她已經忘掉搽粉這回事。她，她也不願留在洗家。

3

易風是個貧家出身，仗著幾個朋友的供給，才能在大學讀書。接受友人的幫助，他深深的明白何謂貧寒，與何謂同情。他簡單直爽，有一顆純潔熱烈的心。一方面讀書，一方面他留意社會上種種的不平等，想在畢業後獻身社會，竭盡心力去減除人與人間的隔閡與等級。在不知不覺中，他是個社會主義者，至少他比金山更激烈更真誠一些，雖然在理論上他講不過金山；金山是從理論上得到信仰，易風是在體驗中決定去奮鬥。

在北平西郊，他曾看見洋車伕自動的義務的去拉傷兵，曾看見村間的老太太把家中的末一塊餅子，送給過路的弟兄吃，曾看見賣菜的小夥子拾起傷兵的槍向敵人射擊……在這些事件裡，他深信平民是真正愛國的，國家的興亡是由他們決定。他自己也是個窮人，所以他自傲，並且決定去仿效那些誠樸勇敢的平民，把血肉犧牲在戰場上，證明他不是貪生怕死的富家公子。他看不起洗桂秋，厭惡洗桂秋；假若不是過於疲乏了，他寧可在露天地裡睡一夜，也不願接受洗桂秋的招待。

4

曲時人不像易風那麼窮，可也不很寬綽；在學期初交一切費用的時候，有時候就須轉磨為難。父親是個老舉人，深盼兒子畢業，去作個小官。自幼兒被這種督教希冀包圍著，曲時人幾乎沒有過青春，老是那麼圓頭圓腦的，誠誠實實的，不對任何人講他有什麼志願，而暗自裡常常想畢業後怎樣結婚，怎樣規規矩矩的去做事。他絕對不浪漫，同時也就不惹人討厭。誰都對他不錯，誰對他也不重視，在各種集會與團體裡，他永遠是個無足輕重的基本人員——他永遠擔任庶務或會計，事情辦得相當的好，而對於會中的計畫與大事不十分清楚。

敵人的飛機與炮火把他嚇醒：國破家亡，閉上眼再也想不出他將來的太太，與將來的職業；這些穩當安全的想像，都被炮聲打得粉碎。亡國奴是沒有任何希望的。假若他必須達到那小小的志願，他得倒退幾十年或幾百年，活在太平世界裡——這不可能。目前要打算生存，他得放下那個老實的夢，而把青年的血濺在國土上。要不然，他就須低頭屈膝去做漢奸，混兩頓飯吃。他還不這麼愚蠢。

他的父親和洗桂秋的父親有相當的交情，洗家老人雖已去世，可是曲家老人還願兒子與洗桂秋維持著父輩的友誼，以便對兒子的前途有些好處。在平日，曲時人並想不起洗桂秋會對他有什麼幫助，因為自己的志願既不很大，當然就無須乎特別的拉攏闊人，像洗桂秋那麼闊的人。現在來到洗家，只是為大家的方便，他並沒有長久住下去的心意。他心中那些小小願望既已破碎，現在是用著些不十分固定的，較比遠大的志願來補充。他說不出來什麼漂亮的話，可是心中像棵老樹似的發了新芽。他願隨同著這幾個新朋友去掙扎，即使他自己不怎麼高明，他相信這兒個朋友是可靠的，必能把他引到一條新的路上去。

5

厲樹人是天生下來的領袖人才，他知道在什麼時候應當動作，在什麼時候應當緘默。有時候，他管束不住自己，那只是因為青春與熱血的激動，使他忘了控制：但在這種時候，他自有一種威嚴與魄力，使人敬畏。

在心裡，他很願安靜的研究哲學，不多管閒事。可是他的氣度與聰明，幾乎是他的不幸；到時候就會有人找他來，求他指導什麼工作。同時，這種義不容辭的事務，往往叫一些願做首領而不肯受累負責的人們在他背後嘀咕，說他有野心有陰謀，把他的誠實看作虛偽，精明看作詭詐。因此，他在不去與他們計較的寬大中，更想去多讀些書，少做些事，他沒有必成個學者的志願，可是也不願把時間都花費在辦事上。這種避免無謂的犧牲，與自覺缺乏任勞任怨的精神，又每每使他苦惱。有時候他甚至於顯出抑鬱。

平津的陷落矯正過來他的抑鬱。他認清中國人——即使是大字不識的——有一種偉大的哲學作他們舉止行動的基礎；不識字的只缺欠著些知識，而並非沒有深厚的教化。那受過教育的倒可以去作漢奸，原因是在有哲理而不能在行動上表現出來，他們所知道的不就是所能作到的。在這一點上，受過教育的倒有臨難力圖苟全的行動，而沒受過教育的卻見義勇為，拚命殺上前去。他自己是研究哲學的，他當首先矯正這個錯誤；國難當前，而缺乏在行動上的壯烈與宏毅，是莫大的恥辱。他必須任勞任怨的去做事，生也好，死也好，偉大的國民必須敢去死，才足以證明民族的文化有根，才足以自由的雄立於宇宙間。設若空有一套仁義禮智的講章，而沒有熱血去作保證，文化便是虛偽，人民便只是一群只會摹仿的猴子。

他不屑於和洗桂秋談什麼，洗桂秋不過是個漂亮的猴子而已。

6

幾天的辛苦，使他們睡得像幾塊石頭；洗家的床鋪是那麼乾淨柔軟呢。一覺睡到天明，像要抓早趕路似的，他們都不敢再放心去睡，雖然不大捨得那柔暖的被窩。忍了一會兒，朦朦之間聽到街上一些聲音，他們決定起床。再睡下去似乎是可恥的事。連睡得最遲的金山也不甘落後，楞楞磕磕的坐起來，打著酸長的哈欠。

他們找不到水，又不願去喊僕人——洗家的僕人一向是到八點多鐘才起床的。

好在不洗臉已算不了什麼嚴重的事，他們開始低聲的商議。每個人似乎都已把話預備好，一開口大家便都表示出不願在洗家多住。這個，用不著怎樣細說，彼此都明白其中的意思。

可是，到哪裡去呢？這是個嚴重的問題。若是大家要為自己找個安全的去處，或者倒容易解決；他們是要馬上找到工作，救國的工作——假若不是為盡個人一分力量，去參加抗日的工作，大家何必由北平跑出來呢——這卻很難！

「不要亂講！」厲樹人像主席似的阻止大家。「我們須一項一項的討論。先決定我們是必須在一處呢，還是分散開，各自找各自的工作呢？」

誰也不肯發言。靜了一會兒，都慢慢低下頭去，不敢相看，恐怕落出淚來。

「是的，」厲樹人低聲的說，「分頭找工作，較比容易。可是誰也捨不得朋友。我們沒有了一切，只有這幾個朋友，雖然是新交的。不過呢，我們的才力不同，而同時在一處找到工作又十分困難，也就只好分頭各自奔前程了，雖然這是極難堪的事！」

「我不願離開你們！」曲時人含著淚說。「不願離開你們！」

「願不願可不能代替行不行！」金山勉強的笑著。

「假如有什麼訓練班，我們不是可以一同加入嗎？」易風想給大家一點希望，以減除些馬上就要分離的苦痛。

「我不能去受訓！」金山堅決的聲明。「去賣命倒痛快！」

「那可見受訓比賣命更難，更重要！」樹人方硬的臉上透出點笑容。「不過，那要看是怎樣的受訓。假若教我們去讀兩三個月的歷史與地理什麼的，就是白糟蹋工夫，而我一點也不敢保險，主辦訓練班的人就不把歷史地理排進功課裡去，而把一切要緊的東西都放在一邊。」

「我看這樣好不好？」曲時人唯恐大家嫌他多說廢話，所以語氣極客氣：「今天咱們先分頭出去打聽打聽，晚上聚齊，再決定一切。」

「這就是說，我們至少還可以多在一塊兒一天，甚至於兩天，是不是，老曲？」金山笑著問。

曲時人的臉上紅了些，答不出話來。

「可以，」厲樹人很鄭重的說：「這也是個辦法。不過，附帶著就出了好幾個問題：晚上我們上哪裡去住？今天一天的飯食上哪裡去找？平牧乾是否還隨著我們？我們是否一定得留在陰城？是不是可以一邊訪工作，一邊去進行食住問題，假若必定留在陰城的話？」

「叫乎牧乾留在這裡，咱們找得著事與否，都別叫她跟著受苦，」易風乾脆的說。

「近乎汙辱女性！」金山插進一句。

「先教易風說完！」樹人向易風點了點頭。

「我們馬上出去，不必和洗桂秋告別，省得廢話。」易風越說越堅決。「晚上六點鐘一齊到破廟去。有人找到住處呢，大家一同去；誰也沒找到呢，便住在破廟裡，至於今日的飲食，那就憑天掉了；我寧在街上要點吃，也不再吃洗先生的飯！在找工作的時候，為自己找到，便馬上決定，不用顧慮大家。為大家找到，須回來商議一下。」

「我看這辦法很好！」曲時人趕著說，恐怕說話的機會被別人搶去。「我還有個小計畫，小計畫：我把這件大褂，」他扣著衣襟，叫大家看：「當了去。哪怕是當幾毛錢呢，大家好分一分，省得餓一天。本來可以向桂秋借兒塊錢，不過大家既都討厭他，我也不便去開口。你們在這兒等我，等我把大衫入了當鋪，拿回錢來，再動身。」沒等別人發言，他已把大衫脫下來，往外走。走到屋外，他又找補了一句：「當鋪開門很早，我很快的就能回來！」

7

曲時人走後，他們三人停止了談話，雖然還有許多話要說。他們並沒為那件大衫發愁，在這種時節，多或少一件衣服簡直沒有任何關係。他們的靜默無言，似乎是欣賞著由當大衫這件事而來的一種生活的美麗——新的美麗，像民族史中剛要放開的一朵花那麼鮮，那麼美。這花是血紅的，枝粗瓣大，像火似的在陽光下吐出奇香。這種美麗絕對不是纖巧溫膩，而是浩浩蕩蕩的使人驚嘆興奮，與大江的奔流，怒海的狂潮，沙漠中的風雪，有同樣的粗莽偉大。他們感到一種新的浪漫——比當大衫這樣的犧牲要大到不知多少倍，幾乎是要拿生命的當作砲彈，打出去，肉成了細粉，血成了紅雨，顯出民族在死裡求生的決心與光榮。

等到快七點半了，曲時人還沒有回來，他們有點坐不住了。金山首先發了言：

「我不等了，一兩毛錢有什麼關係呢！」說著，他就要往外走。

「聽！」易風拉住了金山。

「空襲警報！」厲樹人的眼睜得很大，幾乎大得可怕。

8

多年在夢裡的陰城，像狼嚎似的啼起來，嗚——嗚——嗚——粗細的聲音攙在一起，引起空前的混亂。陰城的人久已納過防空捐，而絲毫沒有防空的設備與訓練。警報一響，沒有一個人知道怎麼辦才好。街上，車都擠在一處，誰都想跑，誰也跑不開。巡警揀著洋車伕與小販們，用槍把打，用鞭子抽，沒用。鋪戶的人們七手八腳的把剛卸下的門板又安上，而後警懼的，好奇的，立在門外，等著看飛機。行人們，有的見了鬼似的亂跑，有的揚著臉把一隻老鷹誤認作飛機，熱心的看著。上學的小學生嚇得亂哭，公務人員急忙的撥頭往家中跑，賣菜的撞翻菜挑，老婦女驚癱在路上……戰爭已到了頭上，怎麼這樣的快呢？日本兵不是在天津附近打呢嗎？陰城，整個的陰城，顫抖著這樣問。

街上混亂，小巷裡也擠滿了人。大家指手畫腳的亂問，眼望著天空亂找。有的想起上學去的孩子，有的去尋上街買菜的老太太，哭著鬧著喊著，還夾著不少聲的蠢笑。出來的又進去，進去的又出來，哪裡都不安全，生死全難料想；保佑保佑吧，有靈的菩薩與娘娘！

這裡沒有憤慨，沒有辦法，沒有秩序，沒有組織；只有一座在陽光下顯著陰暗腐臭的城，等著敵人轟炸。

緊急警報！只有這幾個警笛像是消息很靈通，開著玩笑似的給大家以死亡破滅的警告。嗚——嗚，嗚！沒有任何作用，除了使人驚慌，使人亂跑，使漢奸歡躍。

洗桂秋一向是十點多起床的，也被驚醒。披著大花的印度綢裝梳袍，趿拉著漆皮的拖鞋，找了厲樹人們來；人多，好壯一壯膽。臉上沒有一點血色，嘴唇不住的顫動，他坐在一張床上；手裡拿著根香菸，顧不得點著，慢慢的被捏扁。

忽，忽，忽，空中有了響動。洗桂秋全身都哆嗦起來。屋門忽然開開，曲時人滿頭熱汗跑了進來：「敵機到了！」說完，把一張當票裹著的幾毛錢扔給了厲樹人。

「我們唱義勇軍進行曲，」金山挺著胸說：「一，二！」

「別！別！」洗桂秋的手哆嗦著，向大家搖擺：「別唱！叫飛機聽見還了得！」

金山哈哈的笑起來。「再有十個人唱，上面也聽不見！」可是，他也沒再督促大家歌唱。

飛機的響聲越來越近，越來越大，似乎把整個的天空都震動得發顫，使太陽失去光輝，使藍天失去晴美，人人的頭上頂著危險與死亡，在晴天白日之下無可奈何的等待著生命的破滅。忽，忽，忽，近了，越來越近了！大家停住了呼吸，整個的陰城把生的希望與死的危險緊緊的連在一處；機聲越響，生的希望越稀薄，死的黑影越深厚，想像的聽到爆炸，看到血肉飛騰，火光四起，人間變成了地獄！機聲稍小了，稍遠了，生的希望又大了些，慘白的臉上開始有點表情，像惡夢初醒那樣的驚疑不定。

咚！咚！咚！「投彈了！」在每個人的牙縫中吐出。地動了幾下，窗子像被個巨人搖動著那樣亂響，樹上的秋葉雨似的往下落。人人曉得了戰爭，知道了在空中殺人的是日本，在生死關頭明白了許多的事；這不是夢，這是戰爭，是殘暴，是破壞，是無可逃避的——即使像兔兒似的藏起去，炸彈是會往地下鑽的！

9

解除。金山催動大家：「還不該走嗎？」

「你們上哪裡去！」冼桂秋楞楞磕磕的問。沒等他們回答，他接著說：「都別走！我馬上去收拾行李，咱們一同走，上香港，九龍，桂林……隨你們的便。我心臟衰弱，受不了這樣的激刺震動！」

「我們出去找些工作，」厲樹人不想椰榆冼桂秋，因為欺侮一塊豆腐是沒什麼意思的。「敵人的炮火是要我們的血肉擋住的，我們不能去找安全，倒必須迎著槍彈走！我們謝謝你的招待，再見！」

「你們不回來了？」冼桂秋驚異的問。

「不回來了！」還是厲樹人回答的。

「無論怎樣，你們今天晚上必須回來，我央求你們！我不再說逃走，行不行？」冼桂秋往日的驕傲已經絲毫不見了。「你們回來，我跟大家商議商議，按著你們的辦法商議些——」

「救國的工作。」金山給他補上。

「——對，工作！」

「怎樣？」厲樹人的大眼掃視著大家。

「回來就回來，好在——」曲時人既不願使冼桂秋過於難堪，又不願自己洩氣，想不出滿意的詞句來。

「好啦，晚上還回到這裡！」易風痛快老到的說，彷彿還有點賞給冼桂秋好大臉面的意思。

第六

1

經過空襲，陰城的官吏不便於再穩穩噹噹的坐著了。地位高的，早已把家眷送走，開始盤算自己的安全。中級官兒之中還有沒把家屬安置好的，覺得太粗心大膽，怪對不住父子兄弟，所以急急的計劃，而且要把計畫馬上實現。低等的官員看到上司們這樣對家庭負責，這樣緊張，自然覺得慚愧，假若不熱心給家人和自己的安全想一想的話。可是他們無權無錢，怎能走動呢?於是有的去求鑒，有的去問卜，算算陰城有無極大的危險;假若沒有全家死滅的災患，那就暫且不動，也不算對不起一家大小。

陰城的神仙與卜家幾乎一致的斷定，陰城絕對沒有大險，而且一入冬還要有些好消息。這種預言使許多人放了心，暫且不用慌急。可是也不妨相機而動，若是能走，總以不十分迷信為是。

火車，汽車，馬車，電報局，旅行社，轉運公司，銀行錢號……幾乎完全被官員們和官員們派去的人占領，忙成一團，簡直沒有人民擠上前去的機會。因此，人民就特別的著慌，看火車與公眾汽車上不去，便雇驢或獨輪的小車，往山中或鄉下去避難。那實在想不出辦法的，只好看著別人忙亂，而把自己的命無可如何的交予老天。政府不給他們任何指示，任何便利，他們只有等著炸彈落下來——但求別落在自己的頭上。他們既不想向政府說什麼，也不去想敵人為何這樣欺侮他們，因為政府一向不許他們開口；口閉慣了，心中也就不會活動；他們認為炸彈的投落是劫數，誰也不負責任。

他們聽到一個消息：陰城的政府一定會抱著保境安民的苦心，不去招惹小日本。就是不幸而日本兵來到——不，根本就不會來到！即使是非來不可吧，也絕對不會殺人放火，因為日本與陰城政府很有些交情。這次的空襲，據說，是日本飛機看錯了地方——也難怪呀，飛在半天雲裡，哪能看得那麼準呢！以後，飛機是不會再來的，敢保險！這個消息和神鑒等一對證，正好天心人心相合，驚恐自然的減去一大半。

在這種紛亂，關切，恐慌，自慰之中，大家幾乎忘了城西剛被炸過的那回事。在那裡整整齊齊的房屋，老老實實的人民，突然幾聲響，一陣煙，房子塌倒，東西燒燬，吃奶的小兒忽然失了母親，新結婚的少婦失掉了丈夫；在二里以外，一隻胳臂落在街心，不曉得是誰的。死的，有的炸成粉末，有的被砸成血餅。活著的，沒了家，沒了父母或手足，沒了衣服，沒了飲食，他們隨著那幾聲巨響，一頭便落在地獄中。他們想不出任何方法，只有啼哭與咒罵。哀痛迷亂了他們的心，沒工夫去想這禍患的所由來；衝口就罵出來了，不知道罵的是什麼，罵的是誰。有的呢，抱著半片屍身，或一條炸斷的腿，哭得死去活來，哭得不能移動，四肢冰涼。

他們叫罵嚎啕，並沒有人來安慰；陰城的良民是不敢來到不祥之地看一看的。在轟炸後兩三點鐘，來了幾個巡警，安詳地問他們的姓名，籍貫，性別，職業，年歲，似乎是來調查戶口。

只有一個人同情於他們，而且想向他們說明：這就是戰爭，殘暴，滅亡。為保全自己的性命，逃到哪裡也沒有用，飛機比人腿跑得快，快得多。把眼睛睜開，心放大，從這片血腥與瓦礫想到全城全國，而迎殺上去，才是聰明的辦法。啼哭沒用，要憤怒，要報仇。他想告訴他們這些好話，可是他知道一個個的淚人兒，絕不會聽任何人的言語。他必須先給他們做些什麼：不要再哭哇，裡邊還許有人，一齊動手來挖呀！他首先動了手，拾起一根房椽當作鐵鍬。大家止住了淚，找來傢伙，拚命的，瘋狂的工作。兩個小姑娘，一個中年的男人，被掘了出來，都只受了些微傷，兩個小姑娘是在一張八仙桌底下，而幾根椽柱恰好在桌面上交插起來。她倆爬出來就找媽媽，可是她們的媽媽連骨頭也碎了。這個，引下大家的新淚。大家此時是靜靜的悲泣，已不再瘋了似的狂嚎。那個人——就是曲時人——想到，這是可以講話的時候了。

2

曲時人不是個善於講話的人，他不會把大家都集攏來，高聲的動人的說得有條有理。不，他不會。他只是對著兩三個人慢條斯理的，親親切切的講他心中臨時所想起來的話。與其說是他的言語，還不如說是他的誠懇的態度，漸漸的把大家都招到一處來。他頭上的汗，是為他們出的；衣上的灰土與血點，是為他們幫忙而弄上的，他們知道，所以他們也相信他的話。大家把他團團圍住，他的話慢慢的把他們的心思由目前的災患，引到更遠大的事情上去，他們點頭，他們怒目，最後，他們喊叫起來。他們把眼淚收超，看著塌倒的房屋，血肉模糊的屍首，他們恨，恨得把牙咬緊。恨是沒用的，他們要想法報復；淚與逃，恨與怨，都是消極的；他們須挺起胸來，聯合到一處，殺上前去！殺！打倒日本小鬼！

曲時人同著他們這樣喊叫。他勸大家不要哭，可是聽到自己與大家的呼聲，他不由的熱淚直流；一些悲憤，痛快，同情，無法管束住的熱淚，由臉上一直的落到那骯髒的小褂上。

這時候，那幾個只會調查戶口的巡警又回來了。聽見大家的呼喊，看見曲時人在那裡向大家說話，他們極快的下了結論，這是煽動民眾，擾亂治安——陰城的巡警對於這項罪名記得最熟，哪怕街上兩個洋車伕吵嘴也可以拿這個去定罪。他們馬上把大家驅逐開，把曲時人的胳臂揪住。曲時人莫名其妙；他根本不想抵抗，因為他知道自己是老實人，說的是老實話；他只問了句：「幹什麼？」

這三個字好像有毒似的，剛一到他們耳中，兩個嘴巴已打在曲時人的臉上。曲時人本能的移動著臉，手臂上的手立刻像鐵一般箍緊，這是拒捕！不由分說，像扯著條不聽話的狗似的，他們把他扯走了。

3

洗桂秋服了一劑補腦汁之類的補品，雖然飛機的聲音還在他那驕貴的腦中響動——這些響聲得至少在他腦中存三四天——可是臉色已不那麼慘白了。他決定要破例忙上一天，不等厲樹人們回來，他須擬好個工作大綱；他相信以他的思想與聰明，必能叫他們這群小子們瞠目結舌而後低首下心的奉他為首領，照著他的工作大綱去操作。

已吸過五支香菸，他還沒想起來一個字——飛機真可恨，還在他腦子裡呼呼的響。換上一支雪茄，看著那緩緩上升的藍菸，口中咂摸著那香而微甜的味兒，心中的確安靜了一些。啊，對了！先辦個刊物！這就用不著怎樣細想了，自己出錢，自己作編輯——苦一點！誰去管他！他笑了一笑。會計，曲時人。插圖封面，平牧乾。厲樹人，金山，易風，妹妹桂枝，分擔——不，還得找上幾個，基本撰稿員至少得有十幾個。匆匆的把這些都寫在紙上，字很大，一會兒就寫滿了一張紙。名稱，宗旨，刊期……他的頭有點發暈。立起來，無聊的立了一會；慢慢的走到院中，背著手來回散步；似乎非常的有意義，這樣的散步。

「哥哥！」桂枝低聲的叫了聲。

桂秋心中有許許多多的虛偽，他卻千真萬確的愛他的妹妹。可是妹妹這樣打斷他有意義的散步，使他有點不快，幾乎是發怒——或者因為空襲的震驚，他的神經已受不住任何的一點彆扭。他不願這陣兒有任何人來打擾，連妹妹也不能除外。

可是平牧乾在桂枝身旁，向他點了點頭。他沒法發作，也根本不想發作了。平牧乾的美麗彷彿使他對妹妹有點冷淡，冷淡的寬恕了她。

「什麼事？」他問桂枝，然後把笑臉送給牧乾：「平女士沒嚇著？」

牧乾微笑了一笑。

「你這個人！」桂枝嬌聲細氣的說：「既是不想主意逃走，總得找人挖個防空壕吧？你什麼事都不管！等著吧，等炸彈掉在你的腦袋上！」

桂秋沒有說什麼，只淡淡的一笑。桂枝生了氣：「不理你了！咱們走，我去打電話找瓦匠來，我不能陪著你叫炸彈炸成灰！」蔫葵著嘴，桂枝扯著牧乾，欲忙而更媚的往回走，走了幾步，她又立住，回頭向哥哥說：「你愛聽不聽，反正我盡到我的心告訴你。剛才聽說城西炸壞了一片房，死了不少的人，你怎麼不送點錢去，救濟救濟他們呢？一天到晚老坐在房裡瞎想，一點正事兒不辦！沒辦法，真……得了，我不願再說什麼！」

桂秋正要用嘲弄的字句反駁，那個貓似的僕人極規矩的走來回話：「祥廠的馮掌櫃來了，見不見？」桂秋本想拒絕，可是不便在乎牧乾眼前顯出自己的高傲來，很勉強的點了點頭。

「你就告訴老馮給挖防空壕好了！」桂枝說完，依舊立在那裡，似乎還不放心，而要等著馮掌櫃進來，親自告訴他。

馮掌櫃是自從一學手藝，直到如今——已有五十多歲了——始終沒有和洗家斷過來往。洗家有瓦木活，總是由他承辦，洗家有婚喪事，他也像老朋友似的來慶弔。即使沒有任何事情，他一月也要來看一兩次。五十多歲，紫臉堂幾，老帶著幾分醉意，笑得非常的親熱隨便，而心裡很有尺寸。

「小姐也在這兒哪？好哇？早晨沒叫飛機嚇著哇？！」老馮對桂枝說著而不住的向桂秋點頭。

「我說老馮，趕緊派人來作個防空壕；會不會？」桂校拿馮掌櫃當作個老小孩似的對待，可是神氣中多少有點尊敬個老朋友的意思。

「怎麼不會？小姐畫好了圖，我就做得上來。」向桂枝說著，他走到桂秋的身旁。「我不耽誤先生的工夫，你們念書的人，借給我倆錢用用。你看，今天早晨這一炸，各處都得做防空壕，洋灰，麻袋，各樣材料都缺得很，北邊不是打仗哪呢，火車日夜運兵，什麼東西也來不了。我想先找些存貨，買過來，好去應工程，趕到工程一下來，叫各家都知道了，存貨可就沒人肯撒手了……」馮掌櫃知道話已說夠，笑了幾聲，又咳嗽了一陣，眼珠放在眼角，測量著桂秋的神色。

桂枝拉著牧乾又湊了過來，她沒等哥哥發言，便對老馮講：「哼！你要是會做防空壕才怪！」

「賺倆錢是真的！」老馮縮了縮脖，恬不為恥的說了實話。

桂秋沒意思和老馮瞎扯，只說了聲：「明天再說吧。」

「千萬幫我這一把兒，兩三千塊錢就頂很大的事！」老馮把錢數也順手交代明白，一邊笑著一邊往外走：「明天我早半天來，明天見！」

4

老馮剛走，僕人又來回話：「德成藥房的桂大夫求見。」

桂秋把手放在房門上，像要暈過去的樣子。他正在擺這個姿態，桂大夫已經走進來了——一個四十多歲的胖西醫，臉上像剛出鍋的油條那麼油汪汪的。老遠，他便把肥胖的右手伸出來：

「嘿嘍，嘿嘍，嘿嘍，老沒見！」右手握住桂秋的手，左手搭在桂秋的肩上：「氣色不錯，真的！嗯，總又長了十磅，十磅！」放開桂秋，把手遞給桂枝：「嘿嘍，嘿嘍，你也胖了！」而後把手遞給牧乾：「這位小姐貴姓，啊，平，好，好得很！」

桂秋似乎已支持不住了，想往屋裡走：大夫的胖手把他攔住：

「就說兩句話，我忙得很，在這兒說吧，多見陽光，有益處！啊，桂秋兄，還得幫我一步，摘給我倆錢。想作些防毒面具口罩什麼的。投機，不瞞著你，咱們合股也行。一言為定，今個晚上我來拿錢！拜拜，秋！拜拜，小姐！拜拜，啊，平小姐！晚八點見！」

桂大夫剛把右手插在褲袋裡，往外扭動，由外面又進來一位；桂秋的嘴唇顫動起來。桂大夫對迎面進來的人點了點頭，迎面來的人對他很響的立正，行了個軍人的敬禮。而後，這位軍官——三十歲上下，高身量，白淨臉，一身極整齊的軍服——趕過來，立正，向大家敬禮。

「桂秋，我不耽誤你的工夫。請你跑一趟，面見文司令，非面見不可！我剛得來的消息，大概城裡城外又得納防空捐，以前納過的不算了，從新徵收，好造防空壕。你跑一趟，把造壕這項差事給我弄下來。你看，我在軍隊十來年了，老作副官；這個機會不能再放過去，這的確是個好機會。咱們的交情，我用不著說別的了。你現在有功夫沒有？司令還在家呢，正好去找他！」

「我沒工夫！」桂秋要往屋裡走。

「何必呢，桂秋！」軍官的臉上皺起許多的紋，像忽然老了好幾歲的樣子。「你總得幫幫忙，這是個機會；我不要求升官，還不教我弄倆錢嗎？再說，反正把差事派給誰都是一樣，為什麼咱們不拾些好處呢？」

「我沒工夫！」

桂枝見哥哥真急了，說什麼不好，不說什麼也不好，只好扯了扯牧乾，打算走開。

軍官的臉上十分不好看了：「桂秋，我拿你當個朋友看待，你可別太不懂交情！我們吃軍隊飯的，什麼手段也使得出來！」

桂枝不敢離開哥哥了，她必須說些什麼：「待一會兒，我教他去就是了，何必這麼急呢？」

「哎，不是，桂枝，」軍官的臉上有點笑容，雖然是很勉強：「我倒不是鬧脾氣，我們是多年的朋友：飽漢不知餓漢子飢，桂秋太不了解我：我真怕失掉了這個機會！好了，好桂枝妹，你替我催催他！事情下來，我送你一套——啊，你要什麼，只管說就是了！」

「誰稀罕！」桂枝撇了撇嘴。

軍官又向大家行了禮，極威嚴的告辭。

桂秋差不多失了常態，一下子坐在了臺階上。

5

「桂秋先生為什麼不罵那些人一頓呢？」牧乾笑著問桂枝——她們已回到屋中。

「敵人的轟炸，反倒教他們高了興，他們也不是有人心沒有！？」

「哥哥不想這些實際問題，他生了氣，純粹為大家打斷了他的思路。」桂枝想了想：「八九不離十，他是正計劃著點什麼不著邊際的事兒，可巧就來了那二位客人。假若他們能猜到他心中的計畫，而來說要幫他的忙，他們要多少錢就可以矇騙多少去。他就是那麼個人！」

「那麼，去見司令不去呢？」

「怎麼不去？他膽子頂小了！」

「思想可是挺高？」牧乾說完又有點後悔了，急忙改了話。

第七

1

易風在街上看見一張政治工作訓練班的招生廣告。剛看到一半，身後來了好幾個青年，都像高中的學生。他們圍上來，他想走開。可是他們的話吸引住了他。他們似乎已經在別處看過這廣告，而要指點著字句從新再討論一遍。他們都願去報名，可是有的說只怕訓練太嚴，不大好受；有的說受訓之後，恐怕出路還成問題。易風噓了口氣，沒敢再看他們，極快的走開。

他並不小看那些學生。即使他們顯著怯懦，他想，也不過是一時的；到時候，他們必會鼓起勇氣，不顧一切的去捨身報國。這一時的怯懦有他的來源——他們受過「那樣」的教育。

他自己怎辦呢？乾脆去當兵。假若他再看布告，那就必是招兵的布告。頭一天上陣便喪了命，也賺個痛快。這未免近乎有勇無謀，但也許正是抗戰中應有的「作風」；或者至少可以叫年輕的朋友們受些感動，把老民族的「出窩老」的氣派收起點去，而增多幾個初出山的小虎吧。抗戰中的一切須拿勇氣為主，而上前線去是「最」勇的。他想回去對那幾個青年談一談，可是他並沒停住腳。無須去說什麼。若能有些個像他自己這樣的青年，扛上槍，在街上走一次，就必能使許多年輕人的心跳動起來。

轉了一天，他沒找到任何招兵的消息與地方。回洗家？至少先休息休息去，且不說別的。但是，既已不怕死，為什麼要這樣慢條斯理的呢？走！上車站！見了兵車就往上跑，跑上去再說！連向朋友們說聲「再會」也不必。用不著什麼客氣，在這要把個人消失在神聖戰爭裡的時節。

2

洗桂秋決定不去見文司令。他不能完全任著那個軍官隨意擺弄。可是，得罪了軍官，而真給自己一些難堪，怎辦呢？他後悔了，悔不該為那幾個破學生而想辦個刊物；假若昨天就與妹妹搬了走，到香港，或甚至於巴黎，有多麼省心；受不著驚，受不著欺侮，夠多麼好！決定不辦刊物了；軍官的事怎辦呢？好吧，給文司令寫封信再說。信寫好，叫僕人送去，他心中輕快了些；已經盡了力，那軍官無論如何也不會來搗蛋吵架了。吵架？洗桂秋一想到這兩個字，眼前就有一片紅光，不由的哆嗦了一下。

老馮與桂大夫的錢必須借給，不然也是麻煩。沒辦法，這群東西們！先給他們送去吧，省得再天天來討厭。支票送了出去。洗桂秋覺得很累得慌，腦中像不新鮮的雞蛋似的，空了一塊兒。是呀，還有那群流亡鬼呢；晚上準得個個像土人似的回到這裡來吃飯喝水，把灰土都留在地毯上！沒辦法！不過，自己把他們留住的，大概不好意思再把他們攆出去吧？自己總是太富於情感，不能像一本說理的書似的那麼平淡冷靜！

他想到了厲樹人，金山，易風，曲時人；——的加以批判。他們都不是什麼特殊的人才，思想沒有體系，舉動更是粗鄙。對於平牧乾，他不敢加以批評，不知為什麼。想到她，似乎就不好意思把易風們趕了出去；她大概不會獨自留在這裡的。她長得很可愛。可愛，便似乎決定了她的優越。一切都不便再想。她的學問，思想，性格，都被「可愛」給包住，使她無懈可擊。奇怪，他很想和她談一談，那至少可以使他的神經平貼舒服一些，像對著朵鮮花一樣。可是妹妹老不放手她，而有妹妹在一旁，就似乎沒話可講，很彆扭！算了吧，他躺在床上睡去，神魂顛倒的夢見許多不相干的人與事。

3

金山回來的最早，雖然也有五點多鐘了。他白跑了一天。不錯，他見著幾個人，接洽了一兩件事。可是，他所見著的人都表示可憐他的窮困，假如有機會，也都願幫他的忙；對他個人似乎很可樂觀，慢慢的總會有辦法，即使時局不大好，找事不大容易，也總不會走到絕路的；他們似乎絲毫不曉得平津的失陷，就是「時局不大好」這幾個字也是不得已而說出來的，彷彿說出來有些對不起誰似的。金山說明他的心意，要找點救亡的工作，大家的回答只是一些驚異的眼光，與一個莫名其妙的「啊」。他所接洽的事比這些人更惡劣。那些事不但根本與救國無關，而且是利用時局不大好，想占些便宜。在廣告上已清楚的說明「徵求流亡的學生」——因為薪資可以少給一些。

金山的脾氣是不能容人的。可是現在已有決心，為得到救國的工作，就是受些委屈也無所不可。他沒想到人們會這樣的連國事都一字不提，更沒有想到還會有利用流亡的學生的。他幾乎要用極壞的字眼判斷這個民族了，可是他又明明知道，在北平與天津那些漢奸中，有的就是因對自己民族悲觀而認敵為友的。不，他一定不能存著這種漢奸的心理。他不能因失望而精神變態，把一兩件壞事認為民族惡劣的證據。這種自警自惕，使他沒敢和任何人瞪眼吵嘴，可也沒使他高興。心中空空洞洞的回到洗家，像個沒拉到錢的洋車伕那麼喪氣而又無可如何。

見了桂秋，他不願陳訴這一天的經過，深恐桂秋對一般人下什麼輕視的斷定。只有相信民族優秀，才能相信民族勝利。他得抱定這個信念，而且不許任何人來辯駁。只有抱定這個信念，他自己才肯賣命，賣命便是最光榮的出路。

他幾乎後悔自己回來的太早，雖然身上已極疲乏不堪是件事實。一面他不願和桂秋講什麼，一面他切盼樹人們回來。他們回來，他就能自由的談心，說的對與不對都沒多大關係。在他一生，他沒感覺到過這樣的切盼；這幾個流亡的朋友彷彿比他的父母兄弟還更親密。平日的孤傲自負，還在他的臉上神情上，可是另有一般謙誠熱烈的氣兒在心中流動，使他像個小弟弟盼候著哥哥回來那樣真誠而幾乎是焦躁的等待著大家。

易風還不來？！怎麼曲時人也不來呢？

4

好容易，他把平牧乾盼來了。金山與桂秋的臉上都有了笑容。

「怎麼樣？」她很鄭重的問。

金山搖了搖頭，「沒找著任何工作，可是我並不失望！仗必須打下去；只要肯出力，總會有地方去做事。」

「平小姐，」桂秋極客氣，好像專為表示自己會客氣的樣子，輕巧的叫，「平小姐，金先生要是找不到事，妳就更不容易。依我看，大家先在這兒住下去再講。事情是這樣的，妳越想做事，它越不來；妳安心等著，可有可無，它會來找妳的。以我說，我本想辦個刊物，可是平小姐看見了，那些不知好歹的人成群的來打攪，叫我連個計畫也擬不出。好啦，我便不再去費心，安心的等著，也許會有人來要求我辦刊物，到那時再說。反正我的思想是在我的心中，誰也搶不了去，哪時用，哪時拿出來。」

「咱們不想打仗，可是日本逼迫著非打小可，而且已經打進來了，還等什麼呢？」

金山看著牧乾，而把臉上的輕慢的神氣叫桂秋自動的收領。

「我是勸告平小姐！」桂秋把活說得非常的硬，隨著末一個字把香菸——只吸了小一半——投在痰盂中。

「樹人們怎都不回來呢？」牧乾看看金山，再看看桂秋，表示出不願袒護任何一方面。可是繼而一想，到底是金山的話有道理，於是笑了一笑，在酒窩的四外縱起許多活動柔軟的小坑兒來。「假若樹人們能找到戰地服務一類的事，我想我應當加入。」

「平小姐！」桂秋笑得有些虛假了。「我還得進忠告，假若我的話粗野一點，請妳原諒。妳不曉得兵士們的——」沒找到合適的字，他端了端肩。「說不定，見著女的就起惡意；這不可不慮到。我總是不客氣的抓住現實，有時候近乎冷酷；可是，說實話，我們不便做沒有意義的犧牲。」

「在屋子裡想出來的現實，與現實毫無關係。」金山決定把一天的喪氣全向桂秋發泄出來。「我和樹人們都在軍營中受過軍訓。我知道軍人的實況。不錯，他們是簡單，可是他們比你我都忠誠熱烈的多！你心目中的軍人，還是二十年前的老總，今天的軍人正和今天的一切同樣——總而言之吧，今天的中國已不是前二十年的中國。日本軍閥不認識這個，還有許多中國人不認識這個；在北平陷落以前，我自己就不認識這個。城陷的以前以後，逃命的是你我，賣命的是大兵與老百姓！」

「慢慢的看吧，」平牧乾不願深得罪了桂秋，「反正得做點什麼。」她往外看了看，一心的盼望別人回來，好可以把話岔開，她知道洗和金已叫上了勁；她不敢走開，怕他們倆越說越掛氣，打起架來並不是不可能的。

可是她只把桂枝盼來了。桂枝依然不大答理金山，扭晃扭晃的撲過牧乾去，拉住牧乾的手，緊緊貼住牧乾的身子，她喘了幾下，小而不美的鼻子上縱起許多碎紋來。

「各屋都找到了，也找不著妳！」桂枝的眼中分明有些淚，彷彿受了很大的委屈。在牧乾沒來以前，哥哥桂秋是她的偶像；牧乾來到，她找到了個新的崇拜的對象，甚至於把哥哥要放在一邊。她什麼都有，只缺乏俊美，好像天意如是，叫她必須低首崇拜別人。在崇拜之中，她才能發泄女性的嫉妒：她不願任何女人接近哥哥，現在也不願任何男人接近牧乾。只有這麼著，她的女兒家的熱情才有寄託。她若是在她哥哥以外另找男人，她的身分與不幸的面孔便使她難堪；她若是和別個女人競爭，就必定會失敗。所以她以崇拜與獨占一個哥哥，或一個女友，代替了正常的戀愛。「妳可千萬別走哇！要走，咱們一同走，不用和他們亂跑！」

「假若我必須上前線服務呢？」牧乾笑著問。

「我不許妳去！」桂枝把女友的手更握緊了些。「咱們可以用金錢代替服務，我叫哥哥出錢救救難民，買公債；咱們出了錢，自然有人會賣力，是不是？」

平牧乾笑著，不敢點頭，也不敢搖頭，只把下巴在領子角上蹭了兩下。

5

厲樹人自有他的「作風」。在找事之前，他決定去討教討教。熱心是自己的，主意不妨是別人的。勇氣屬於青年，而智慧往往屬於長輩。為救國，什麼他也肯去做，可是能找到收效最大的，豈不更好？他決定先找陰城一位名人——孟道邨——去談談。並不相識，可是他去訪見，恐怕不至於遭了拒絕，那位名人是素來愛獎掖後進，以青年導師自任的。他常在雜誌上發表文章，曾經參加過革命工作。

說明來意，果然被讓了進去，樹人非常的高興。

孟先生已經五十多了，胖胖的，挺精神，在和氣之中露出一些高傲。

樹人說了幾句求教的話。孟先生用眼領略著，臉上浮著些笑意，沒有任何明顯的表情。等樹人把話說完，他愣了一小會兒，然後低聲說了幾個「好」。又停了一小會兒，「不過，我看戰事會不久就結束的，中國不敢打。要打呢，必敗無疑。」他的語氣很堅定，雖然聲音不怎麼高大。他的臉上帶出來不准樹人辯駁的神氣，而後再用話補足：「我並非悲觀的人，可是我深知道日本的兵力，與我們的缺陷。」

「那麼要是日本非打不可呢？我們難道就屈服？」樹人老老實實的問。

「屈服不是一次了！」孟先生微微一笑。

「先生看我們青年們不必去做什麼，只等著講和，而後回學校去讀書？」

「恐怕要那樣子！」孟先生極冷靜的說。「你看，陰城和沒事兒一樣，想必是時局並不嚴重。」

「不過，就是預備講和，不是我們也應當把兵往前開一開嗎？」

「陰城當局的心理恐怕不是如此！」

彼此對愣了一會兒。

「那麼先生看我們應當在這裡靜待？」樹人立了起來。

「是的，在這裡就非靜待不可，此地不許學生們出聲。要不然就往南邊去，乘機會多看些地方，也好。」

「好吧！」樹人把手掌上的汗擦在大褂上。「先生不送！」

「沒事，再來談，我沒事！」孟先生往外送。

已到了門口，樹人靈機一動似的，問了句：「先生能分分心，給我介紹個朋友，能給我找點工作的朋友嗎？」

孟先生面微揚著點，背著手，腳跟抬了兩抬。「好的，你去看看堵西汀先生，他是很有辦法的人。拿我個名片去，」從袋中掏出水筆來，「你叫，啊，厲樹人，好的。」

「謝謝先生！」

孟先生對太陽微笑了笑。

6

樹人一連找了堵西汀三次，都沒見著。越見不著，他越想見；一個有作為的人總會是非常忙碌的。

要在平日，他必會詳詳細細的批評孟先生，而附帶著也就不信任孟先生所介紹的人。現在，他顧不得檢討任何人；孟先生雖然使他失望，可是堵西汀未必不是個很有熱誠與能力的人。即使堵西汀也和孟先生一樣有名無實，見一見也至少可以長些閱歷；假若老一輩的人是稀鬆落伍，那他自己就可以決定這個時代當屬於他，與他的朋友們。他須看個水落石出。

已到六點多鐘，他又找了去。堵先生剛進家門。他一見面，便直截了當的說明來意，不便於多耽誤堵先生的工夫。堵先生是個三十多歲的瘦子，兩眼極深極亮；假若沒有這對眼，大概沒有人會相信他還有任何精力與膽量；他的顴骨像兩小塊瓦似的那麼有棱有角。

「啊，你要找工作？北平來的？」堵先生只看了樹人一眼，而且並沒讓他坐下。

「孟先生見過了？你看孟先生怎樣？」堵先生看著手中的煙卷，而後狂吸了幾口；手有些發顫。

「我看他落伍了。」樹人尋思著，頂好是實話實說。

「啊！」堵西汀的瘦臉緊縮起來，像個晒乾的木瓜似的，很黑很長，很難看。「你坐下！」

樹人好像受了催眠，遵命坐在一張嘰吱亂響的小凳兒上。

「啊！」堵先生點了點頭。「告訴你，孟先生是名人，我是歹人。他只剩下一樣好處——還肯把青年介紹給我。我在這裡得一天搬三次家，要不然就得搬進牢獄裡去。」堵西汀始終看著指間的煙卷。「你要幹什麼？是往別處去，還是要留在這裡？一共有幾個人？我有許多辦法，可是哪一個辦法也不安全。我自己的歲數並不大，我還自居為青年，可是陰城的人管我叫做青年的屠戶。你有膽子？」他翻眼看了樹人一下，眼神足得可怕。

樹人點了點頭。

「好！要上前線，今晚就可以走。凡是我經手的事，都要急快，因為不曉得我自己幾時就被抓了去；在獄裡我還能工作，不過太不方便了。若是想留在此地呢，我就給你工作計畫，非到急難的時候，不必來找我。」

「到前線和留在此地有什麼不同的地方？」

「前線急於需要工作人員，此地需要剷除漢奸的人員。」堵先生的手顫得更厲害了。「此地已有人把太陽旗預備好了，所以孟先生悲觀；我與他不同之處，就在這裡：他看見陰影就認為是永久的黑暗；我要用火把將黑影趕了跑。你要做哪樣？」

「到前線去！我們一共五個人，我不敢替他們決定什麼，因為——」

沒等樹人說完，堵先生幾乎是命令式的說：「快走，問他們誰走，誰不走。九點鐘以前等你的回話，走的今晚——啊，至遲十二點吧——就可以走；不走的，聽我的分派。」

「好，我九點以前回來。」樹人立起來。

「不要回到這裡，到湖上街九號去！」

7

像箭似的，樹人跑回洗家。拉開客廳的門，他的大眼掃了一個圈。「時人和易風呢？」

金山跳了起來。「他們還沒回來。怎樣？」

「事情有，得等他們商議；怎麼還不回來呢？」

「你坐下！」乎牧乾高聲的說，「看你這頭汗！」

「什麼時候了？」

桂秋端好了架式，看手錶。「七點半，也許快個一兩分；陰城的午炮是隨便放的，快慢很自由。」

「妳可不能走！」桂枝緊緊握住牧乾的手。

第八

1

「老易和老曲怎麼還不回來？」厲樹人搓著手，一邊念道一邊來回的走。他失去了平素的安穩與鎮定，兒乎是粗暴的叨嘮：「他們簡直不懂什麼是團體生活！不管別人怎麼著急，他們總是慢條斯理的；這不定是在哪裡碰見了熟人，瞎扯瞎扯，扯起來沒有完；看吧，也許今天還不回來了呢！急死人！」叨嘮了一陣，他失望的焦急的坐下，咬住嘴唇，大眼睛裡放著怒光。

「不用等他倆了吧？」平牧乾柔和的商問。

「妳可不能走！」洗桂枝握緊了牧乾的手，而後對桂秋說：「你攔攔他們！你給他們出個主意！勸勸他們！」

洗桂秋實在也不願意看牧乾隨著他們走。不管她是去做多麼有意義的事，只要是隨著樹人們去做，他就覺得不舒服。他不承認這是嫉妒，可是他心中此時確實沒有什麼別的情感。他很願意留下牧乾，而把男的們趕了走，但這又不大好開口；他只好泛泛的敷衍一下：「我看大家不必這麼忙吧。至少也得等他倆回來，再商議商議。幾事都須詳細的計劃一番，這是一；你們在這裡，若找不到別的事，我至少可以出錢教你們辦一個刊物，這是二。無須乎忙！」

「救國的事要馬上做，考慮只足減少了勇氣。今天早上我們若都被炸彈轟碎，現在我們還想做什麼嗎？先下手的為強，別等一事無成，而身子已經粉碎，這是一。辦刊物沒用，字不是槍彈。老百姓不識字，城裡的小市民識字而沒有讀刊物的習慣。即使退一步講，文字有它的用處，它也不能比得上親口去對老百姓講，親身作給同胞們看。這是二。」厲樹人一氣說完。立起來，向金山說：「我們不能再等。」

「你們到底上哪裡去呢？」桂秋想起立，可是半中腰又坐下了。

「到前線去。」厲樹人把聲音放低，看了牧乾一眼。

「幾個人去有什麼用呢？」桂秋微搖著頭，露出惋惜的意思。

「凡是不想賣力的，總以為別人賣力是愚蠢。」金山的眼盯住了桂秋的臉。

桂秋不想反駁，只高傲的一笑。

「這樣好了，」樹人對桂秋說：「我和金山先走。等易風和曲時人回來，請告訴他們找堵西汀去。」

「那麼我呢？」乎牧乾的臉板得很緊。「你們以為妳不敢去，膽兒小？」她似乎還有許多話，可是不能暢快的說出來。

「妳願意去，當然就一塊兒走；小姐請別先生氣！」金山幽默的想把她逗笑。

「妳不能走！」桂枝幾乎要哭出來。沒等牧乾回出話來，她把臉轉向桂秋：「給他們快開飯！」她想大家吃過飯，也許就不這樣急暴了；沒有好東西在肚裡，男人們是好鬧脾氣的。

「謝謝，」樹人勉強的顯出很規矩。「我們到外頭買幾個燒餅就行，沒工夫吃飯了。牧乾？」

「走！」牧乾的臉上白了一些。「走！反正沒東西可拿。」幾乎是粗暴的，她由桂枝手中抽出自己的手來，她的話可是很溫和：「桂枝，我到前方看看去，假若辦不了，我回來找妳；我家裡老少男女的生死存亡，都不曉得，我就拿妳當個親姐妹！」

桂枝落了淚，心中可是並非不舒服。牧乾這幾句話使她感到異常的親切，一方面叫她心中充實了一些，因為這些話不像她所慣聽的交際虛套子那麼空泛；另一方面她也感到了戰爭的迫切，因為假若牧乾肯留在這裡，她便想不到遠處正有戰爭，也就不便關心了。現在牧乾決定要走，桂枝想像到遠處的戰場，而這戰場恰恰又是牧乾所要去的地方。她覺得這是值得驕傲的事。她不再攔牧乾，而低聲的說：「好，妳走吧。妳若是受不了，就趕緊回來，我等著妳！」她轉臉對桂秋說：「給他們點錢！」

樹人見牧乾肯走，心中不由的高興起來，言語也客氣了：「我們用不著錢，這兩天的攪擾——好，不說什麼了。」

「妳替他們拿著！」桂枝塞到牧乾手裡幾十塊錢。「他們男子寧吃虧不輸氣。」

牧乾笑著點了點頭，把錢收在口袋中。

2

離開洗家，他們三個好像剛出了籠兒的鳥。四外很黑，他們的眼前卻是光明。晚風很涼，他們的頭上卻有的是汗珠。忘了家庭，忘了顧慮一切。他們並著肩疾走。他們沒有話可講，肚中的飢火與心中的熱氣，燒起眼中的光亮。在個小巷裡，他們遇見個賣鹵煮雞蛋的。牧乾藉著挑子上的油燈一點昏沉的光兒，揀了十五個蛋。厲樹人以為隨便的拿幾個就好了，根本不用細細揀送。他急於去找堵西汀。可是不知道為什麼他不肯暴躁的命令她，催她快走。及至牧乾把蛋輕巧的慎重的遞給他，他似乎才明白過來，(口歐)，她是個女的！這叫他忽然感到一種喜悅，頂純潔的喜悅。

金山接過幾個蛋去，沒說什麼，臉上也掛出幾絲笑意，先把一個最大的蛋剝開，塞在口中；沒法動轉，他才又掏出半個來，沒敢叫牧乾看見。

他們走得慢了，心裡都很痛快。把雞蛋吃完，才又加快了腳步。

湖上街九號是個不大容易找到的地方，他們又不敢多打聽，轉了有二十多分鐘，才把它找到——與其說是找到，還不如說偶然碰到的妥當。

雖然還差幾分鐘才到九點，堵西汀可是等得已十分不耐煩了。見著他們，他的瘦臉上非常的難看。可是一聽他們說話，他馬上沒有了氣；青年人的語聲，對於他，好似有一種魔力，像音樂似的能使他快活安靜。他匆忙的給他們寫了介紹信，誠懇的告訴他們做事的方法，而後神祕的把他們帶出城去，送到火車上。假若他們不是那麼熱心的想到前線去，他們簡直可以想到堵西汀是個騙子，不定把他們拐到什麼地方去呢。可是他們沒有懷疑他，他的行動越顯著神祕，他們就越佩服他，就越覺得他們的工作有意義。

在路上，他們告訴他易風和曲時人沒有回來。他馬上指出來，在陰城隨便丟一兩個人並非什麼奇怪的事。這使他們憂慮起來。可是堵西訂立刻答應下去探聽他二人的消息，而且把洗宅的地點，藉著路燈一點光明，記在小本兒上。看兩個朋友的姓名都被堵先生像畫符咒似的畫下來，他們的心安定下去——他們是多麼信賴他呀！

3

可是，在堵先生還沒有聽到什麼消息的時候，曲時人已受了很大的委屈。不知是為什麼，這回他們把他送到了特務處——一個進去容易出來難的機關。

在這機關裡，沒有是非，沒有曲直，而只有毒刑與屠殺。在這裡，有錢的可以買命，沒錢的便很快的什麼也沒有了，早早拉出去槍決是省事省飯的辦法。

曲時人莫名其妙的被拿進來，他只覺得臉上發燒疼痛，不曉得他應當幹什麼，和他們要叫他幹什麼。他一點也沒有準備，連應當對他們說什麼也沒有想一想。他以為如若他們問他，他實話實說就是了，把實話告訴了他們，他們必定會馬上釋放了他的。白挨巡警的打，自然是件不公平的事，可是他們若能馬上放了他，他也就不便再說什麼。傻傻糊糊的，他只顧想快快的出去，回到洗家；臉上的浮腫或者正好作為談笑的資料，根本用不著要求賠償，辨清了是非。

可是，剛一進門，腳鐐便絆住了他的腿。他的胖臉上立刻改了顏色。為什麼？他不曉得，也不想問；急，氣，懼，使他的腦中旋轉開了。他忘了一切，只渺茫的覺得不妙。

這裡過堂很簡單，只有兩個人審問；曲時人的身後倒有四五個粗壯的漢子。有錢，那兩位審官的話便是赦令；沒錢，他倆的神色便是刑罰——那幾個大漢是最會觀察神色的猛犬。

兩個審官都是高個子，一個的頭是尖的，另一個的頭髮平。尖頭的有一張白臉，臉上沒有什麼威嚴，可是很愛說話。平頭的沒有什麼話可說，只那麼方方正正的坐著，彷彿自己承認沒有發言權，而又不能不拿出相當的身分來。尖頭的愛說活，而且很滿意自己的話語。他每說一句稍微俏皮一點的，尖頭頂便像教堂的塔尖似的向上指著，細眼睛半閉起來。而後用手慢慢的擦一擦腦門。

「（口歐）！」尖頭頂的嗓音很尖銳，沒有一點水音。「革命黨，你是？你沒看準了地方，這是陰城！」

「我不是革命黨，我是流亡學生。」曲時人綿羊似的哀叫著。

「革命黨都是學生！」白臉上閃了一道笑光，尖頭審官極快的看了平頭審官一眼。平頭審官穩重的，如有所悟的，點了點頭。

「我是很老實的學生！」曲時人彷彿是對自己說呢，小聲的講。

「你老實？我是反叛！」尖頭的用肘拐了同伴一下。平頭的又點了頭。尖頭的向大漢們瞟了一眼。

「幹什麼？」曲時人隨著自己的喊叫，已躺在地上。鞭子落在背上，疼到骨髓。他左右的擺動，而滾轉不了，腿上的鎖鐐不許他翻身。只有透骨的疼痛，電似的走遍全身，他不能思想，不能逃避，不能反抗，把口按在土上，只狂暴的呼號，啊！啊！啊！一陣鞭於，背上失去了知覺，全身的筋肉要抽縮成一團，他的胖臉貼在了地上，昏昏沉沉的只剩了些呼吸氣兒。幾大口涼水，由大漢的口中噴在他的臉上，他除開了眼，從心感到鑽心的疼痛。疼痛刺激起生命最後的掙扎，他咬上牙，涼汗與涼水順著臉往下流。他在一陣陣疼痛之間，把心橫起，要決定一些什麼。可是剛要得到個近乎是心思的東西，疼痛馬上把他的心迷住，本能的要呼號。在一陣較長的迷亂之後，他忽然狂怒起來，怒氣挺住了疼痛。把牙咬得更緊，無可再緊，他把生命所能拿出來的力量都拿了出來，抬起頭，睜開眼，把兩個審官看得很清楚！「我說，我是很老實的學生！我說，你們倆該千刀萬剮！」

「再揍！」這回是平頭的下了命令，氣度非常的宏毅，彷彿是為打一個流亡的學生而得罪了尖頭的同僚也在所不惜。

一直到正午，曲時人沒有完全清醒過來。

4

堵西汀來見洗桂秋。他是洗宅的奇異的客人。洗桂秋的財產使他脫離不開陰城的老社會，他的思想使他常有些新人物來拜訪。可是，他從來沒有招待過像堵西汀這樣的人。堵西汀曉得洗桂秋是個闊公子，洗桂秋知道堵西汀是個好事鬼，彼此這樣的知曉，所以不希望見面。他們倆像貓與狗那樣不能相容。堵西汀最討厭理論掛在口上而通遙自在的人，洗桂秋不能明白永遠用全力對付一件事的人到底有什麼用處。可是為了曲時人，堵西汀低首來求見他所不喜歡的人。為成全一個人，做起一件事，他不懂得什麼叫臉面。他永遠以事情的有益與否判斷他的行動，他不為自己的榮辱思索什麼。

見了洗桂秋，他的瘦臉上的神氣非常溫和，連吸菸也是慢慢的，不那麼連三並四的狂吸了。

「你的一位朋友，姓曲的，在特務處受了委屈。我來告訴你一聲，打得不輕！」堵西汀慢慢的說。

「我得去救他？」洗桂秋皺了皺眉。他不是狠心的人，可是他真怕麻煩。動作使他不能安心，心不安他就容易犯頭疼。

「非你不可！」堵西汀微微一笑。「我要是能去，我早就把事辦了。你知道，我去了只有陪著受刑。」他笑得更開展了一些，極亮的眼裡發出一些和善而幽默的光來。

「怎麼辦呢？洗桂秋知道這件事是義不容辭，但是絕不願意費心思去為這種事細想。若是別人給出主意呢，他可以捏著鼻子去跑一趟；要是連辦法都得自己籌劃，那就真許引起他的自殺的念頭了。

「很容易，」堵先生已知道了桂秋有意要管這件事，不由得把語聲提高了些，由客氣漸變為誠懇親切，他覺得桂秋並非完全可厭了。「送過一千塊錢去，告訴他們曲君是你的親戚；你若是不說他與你是親戚，一千塊大概還辦不了事。你不用自己去，寫封短而不十分客氣的信，連錢帶信一齊送去，立等把人帶回來，我想他們不敢再說別的。」

「把他帶到這裡來？」

「隨你的便，不到這裡來，就到醫院去。」

「我跟妹妹商議商議看。」

5

曲時人被抬到冼家。胖，他並不很結實。這次的毒打，叫他有四五天昏昏沉沉，爬在床上，一聲也不響。偶爾睜開眼，他只會說：「打！打！打吧！」

冼桂秋幾乎不敢過來看他的朋友，他怕看血。可是他給曲時人請來最好的西醫。

雖然不肯獨自到病房去，當醫生來到的時候，他卻老立在門外。聽到時人的胡話與呼號，他不由的哆嗦起來。過了一會兒，他止住哆嗦，狂吸著香菸，差不多是失了常態。他不大想什麼遠大的問題，在這種時候，卻只顧慮到朋友的苦痛與安全。他的心熱起來。使他莫名其妙的是當曲時人搬來的第三天，特務處的那個尖頭的官員，提著兩包年陳日久的餅乾，和兩瓶糖精對井水的葡萄酒，來看他，解釋那個小小的誤會。洗桂秋把禮物拋在門外，請尖頭的人趕快出去。他平生沒有做過這樣粗暴失禮的事，可是做過了這一回，他不但不後悔，而且感到未曾經驗過的痛快。

他本想僱用一名護士，可是被桂枝攔住了。她自己願意伺候曲時人。說真的，她並不喜歡時人；但是從牧乾走後，她時時想到：拿自己和牧乾一比，她簡直沒有任何生命的樂趣。再說，當曲時人的熱度高到口中胡說的時節，他不是喊易風，便是喊牧乾。桂枝想去代表牧乾，使自己也有個好友，像一般的青年男女一樣。她知道伺候病人是件苦事，可是必須勉強去做；在伺候病人的時候，她感到不能忍受的麻煩，可也體驗到蟄伏在心間而沒經施用過的人情與熱烈。因為她肯這樣服侍別人，她也就覺出別人的可愛。就是曲時人這樣的傻頭傻腦的人，也有可愛之處；可愛不可愛吧，至少叫她不再那麼空虛——她心中有了人，手上有了事，精神和身體都有了著落。

在曲時人睡穩的時候，她輕輕的給他用溼手巾擦臉，有一次，她竟自吻了他的腦門與口。曲時人昏昏的睡著，什麼也不知道，可是她的心跳得極快。大半天，她不知怎樣才好，一直到曲時人醒過來，要水喝，她才安下心去。

過了一個星期，時人的熱度退淨，顯出極度的軟弱。桂枝的手不斷幫他的忙，幫他轉動身子，餵他水喝。她非常的高興，快活。

曲時人心中清醒過來，咬定牙根，不肯再哎喲一聲，雖然身上還很疼痛。他變成另一個人。還愛叨嘮，可是叨嘮著另一些事了。這條命是撿來的，以後這條命還須血淋淋的送掉。他強迫著自己不思念家鄉，不想將來的生活問題。要是做事，起碼也得做像殺掉那兩個審官一類的。背不能動，他常常用手輕輕的切著床邊，殺！一切老實和善的念頭都離開心中。殺敵，或殺漢奸，成了固定的願望；身體算什麼呢！

他懶得對桂枝說話，可是桂枝對他的愛護，使他不由的吐了真話：「我什麼也不想，只想快好了，再去流血！」

「時人，你可改了脾氣。」桂枝低聲的說。

「皮鞭抽在身上，就沒法不想把肉變成鐵！」

「恐怕連我也變了一點吧？」她得意的一笑。

時人細看了她一會兒。她的臉上沒有抹服脂，眼圈沒有塗藍，穿著件布衫，一雙薄底鞋。她大大方方的立在那裡，腰並不像平日那麼扭股著。

「妳也變了點！」

第九

1

陰城的人真不喜歡「戰爭」這兩個字。假若能避免，不論是用什麼法兒避免，他們都情願把轟炸陰城的仇恨馬上忘得一乾二淨。戰爭是國家對國家的衝突，而陰城的人是一向不准談國事的。特別是在這個時候，茶館酒肆裡都重新貼起紅紅的「莫談國事」的紙條，而且真有不少便衣偵探來視查那紅紙條兒靈驗不靈驗。

陰城的官吏更怕戰爭。由內戰的經驗，他們曉得以兵戈相見是最冒險的事。按著他們心裡的政治生活的意義來說，戰爭永遠有毀滅自己的政權的危險；就是一次打勝，也保不住不引起將來的失敗。現在這不是內戰，可是，由他們看，到底有相同之處。主戰的，不管他的地位有多麼高，理由有多麼正當，總算是孤注一擲；一區失敗，便必會連根爛，勢力瓦解。因此，陰城的最高級官吏對戰爭幾乎是完全沒有意見；自己，並且叫陰城的人，閉口不言，萬不能冒失的說出強硬的話，而把自己陷在爛泥裡去。小一些的官吏，深信他們的上司的態度是最聰明妥當的，一方面他們怕戰爭的來到，危及他們個人的生命財產，一方面他們希望上司能貫徹反戰的主張；即使戰爭真會起來，而陰城依然能保持中立，永久的中立，陰城好像是在中國日本之間的一個小獨立國，極聰明的永不被捲入漩渦！

蘆溝橋的事變，所以，在陰城上下一致的預言中，是可以就地解決的；恐惶，可是絕不悲觀。

敵人攻打平津了！陰城顫了一顫，在顫抖中希望著這不過是加大的蘆溝橋事變，早晚還是可以和平了結的，一定。他們並不為平津著急，倒是為事情還不快快結束而發慌——快快的結束吧，對誰都有益處，哪怕是將平津用一種什麼顧全住面子的方法割給日本呢。因此，平津的陷落，給陰城的刺激，簡直是一種不便說出的喜悅——這可就快結束了，還打個什麼勁兒呢？

同時，他們也看準了，應當在平津事件結束之前，他們必須抓住時機，活動著點，多進些錢。在一個小機關裡，像捉去曲時人那麼小的一件事，也會敲到一千塊。別的，那就無須詳細的說了。

可是誰會想到呢，上海居然也打起來了！天下會真有這樣愚蠢的事！陰城的最高官吏在加緊斂錢的工作中，不免微微有些悲觀了。中國，就憑中國，怎能和日本打呢？白死些人，白喪失許多財產。陰城的最高官吏因悲觀而幾乎要愛民如子，決定不肯叫陰城的人受什麼損害，而取著保境安民的態度。

這時候，在報紙上描寫著的炮聲，震動了陰城的青年男女們的心。就是那些老實的人民中，也有的握上了拳頭，挺起了胸來的。可是，連老帶少都深知道他們的興奮是容易碰上霉頭的，所以他們只能心中歡喜，而絕不敢在實際上有什麼表現。他們只能期待著，像海底下的暖流似的，希望到了時機便會發生作用。

這時候，另有一批人，比青年們更熱烈。他們不但興奮，而且著手預備該做的事了。這一批人在雅潔的書齋裡，或精美的澡堂單間兒中，或特等的妓班內，或甚至於中學的會議室中，興高采烈的開著他們的會議。他們之中，有的頭髮已白，有的煙灰滿面，有的風流自賞，有的臃腫遲笨，可是臉上都發著一點不常見的光彩，像久在陰暗的地方居處，忽然見到了陽光。他們不擁護陰城的政府，不愛他們的國家，也不愛日本。他們的判斷完全獨立，與憎愛無關。他們的心像鏡子那麼客觀。上海戰爭一起來，他們看到，戰爭已不會極快的收束。他們的好機會到了。機會是萬不能失去的。早晚，早晚，他們看準，日本人會來到陰城的。陰城政府，他們曉得，是不想用槍炮向太陽旗射擊的。這是好是壞，他們不假以思索。他們只想用什麼方法替日本人把太陽旗插在陰城的城頭上，而不由陰城政府手裡把城池獻出去。他們不愛陰城政府，可也說不上反對政府。不，絕不是反對政府，因為他們與政府有來往，在政府裡有許多親密的朋友。他們只是要先走一步，走在陰城政府的前面。自然，他們若走在前面，不用說，他們就會取政府而代之了。可是，這絕不是什麼革命或鬥爭，而只是機不可失。他們該抓住機會，做幾天官兒了。既然機會不可失，那麼用些不大體面的手段，也就無所不可。這實在是無可奈何的事，他們不能因噎廢食。正如同他們不願與陰城政府為仇作對，他們也並不想忠於日本，與其說他們要感謝日本人給他們帶來好機會，還不如說他們要感謝自己又來了一步好時運。他們有時候可以想像到，就是陰城被世界上所有的國家分占了，他們也有方法對付一切，也可以從中取得利益，何況這一回只是日本一國呢？在智巧上，他們並沒把日本人放在心裡。他們不佩服任何人，只崇拜自己，甚至於崇拜自己給敵人磕頭的美妙姿式。他們都受過相當的教育，可是每逢看到論及世界大勢，和政治動向的文章，他們就不由的一笑置之。這些文章，據他們看，都是紙上談兵，迂生的腐談。真正的文章，假若他們肯動筆的話，是只論到自己怎樣利用機會，是由我及他，是自內而外；什麼世界大勢，政治理論，狗屁！

在陰城，在中國，就是在世界，他們沒有什麼可怕的人與事。因為他們會把羞恥放在一邊，而向一條狗媚笑，假若那條狗對他們表示強硬。

可是，他們卻怕一個人——堵西汀。假若他們的媚笑可以軟化了一條狗，他們便慶祝自己的成功；在他們的看法，這是他們的勝利。但是，他們沒法使堵西汀不拒絕他們的媚笑與磕頭，而且準知道堵西汀是玩慣了手槍與炸彈的。設若沒有這個怪物在陰城，他們簡直可以在馬路上，高聲宣傳他們的主張，陰城的政府是不會攔阻他們的，因為大家都是一路人，絕不肯公開的互相仇視。他們與政府的共同仇敵不是日本，而是堵西汀。不過，政府呢有軍警保衛，而他們可沒有武力保護自己。因此，他們得在妓院或書齋裡開會，而且得時時變動地方，好使堵西汀的手槍不易瞄準。同時，他們把那些有血性的青年，也都看成堵西汀的黨羽，而隨時的向政府陳說，應當嚴加防範。在這件事上，他們一方面贊成無情的政府對青年們的摧殘，一方面還覺得政府作的不夠，非得他們自己得到政權的時候不能掃清了年輕的那一群叛徒！

堵西汀，因此，老得像一條老鼠似的躲避著這些賣國的惡貓。

2

曲時人慢慢的好起來，有桂枝的幫助，他已能坐起了。只能坐一會兒，因為背上的創痂與鮮肉不允許他倚靠著；而直挺挺的坐著，背上又時時抽著疼。坐一會兒，他支持不住了，又得很費事的躺下。躺下，無事可作，他只能亂想，而想著想著便怒惱起來，低聲自言自語的咒罵。咒罵到不耐煩了，他才感覺到自己是變了脾氣，變成了另一個人，像鐵被打成鋼那樣，他的心硬得時時想殺人。

桂枝很怕他這樣低聲自語，更怕他叨嘮完了而瞪著眼愣起來。他像看著點什麼，又像沒有看什麼，就那麼愣著出神；慢慢的，他的臉來了些血色；有時白眼珠上起了些橫的血絲，非常的可怕。她願跟他說些話，可是沒的可說。對國事，她幾乎因服侍病人而完全忘了看報。對家務，她知道曲時人不是個女人，說出來或者只足以招他討厭。對她樂，她由曲時人來到的那一天，就沒出去過，不知城裡又到了什麼新電影或新的伶人；而且她深知道時人不喜歡她那種享樂的生活。關於易風，厲樹人們，她沒得到任何消息，空念道念道，或者更足以叫時人心中不安。對於平牧乾，說來也更奇怪，她簡直始終沒想到過。雖然在分別的時候，是那樣的難割難捨。平牧乾在她心中的地位已被時人占去了。假若她願意說，她真想告訴時人這一點事，可是又難於開口。她只能多幫時人的忙，扶他坐起來，扶他躺下去，給他吃藥，給他倒水；希望著能在這些小的接觸上，引起一些話來。可是，及至說起來，話又是那麼短！「還疼不疼？」「好多了！」時人空空的一笑，閉上眼，腮上亂動著，想必是咬牙忍痛呢。她不能再多說什麼，他是病人哪！

有時候，他忽然問起樹人們來，桂枝沒有什麼可報告的。時人卻在這種時節，細細的述說他們那些最顯然而平凡的舉動與一切。他說得很起勁，因為起勁而又恢復了他平日婆婆媽媽的叨嘮。桂枝聽著，耐心的聽著，她希望時人能詳細的述說他自己，作為她耐心聽她所不關心的人與事的報酬。可是，他並不喜歡說他自己，他非常的謙卑，永遠覺得陳述他自己是一種不好意思的事，因為他知道自己一向是多麼平凡庸碌。這幾乎使核校有時想不再服侍他，不再在他身上有什麼盼望；他簡直的簡單得像塊圓圓的木頭！

可是，桂枝到底不能放棄他。他是那麼簡單，可也那麼勇敢。一個頂不可愛的孩子，若是跌倒而不啼哭，總會引起女性的憐憫的。桂枝為看護這個平凡的人，不知不覺的改變了許多。偶而她對鏡子看看自己的時候，她才慚愧而高興的看出自己的眼比以前明亮了許多，臉上起了一層凝靜堅實的光兒。看完自己，她像忘記了一件什麼最重要的事似的，急忙跑去看看時人。時人依然是那麼老實，簡單，沒有什麼可愛的地方，可是桂枝並不失望，並不後悔，反而幻想起一些陪伴著這樣的男人的快樂與可靠。她甚至於有時候責備自己，為什麼偶而的嫌他平凡庸碌！

慢慢的，她想出個安慰他的辦法來——給他念報紙聽。這的確是個好辦法。聽到北方與東線的戰事消息，他的眼亮起來，話也多了。他並不懂軍事。聽到勝敗的消息，他只以常人所有的歡喜或失望去批評，或完全為表示喜或憂而叨嘮著。他的話也許幼稚得可笑，可是他的感情是真摯的。這種興奮與話語，使桂枝對國事也逐漸關心起來，也敢隨便的發表意見。她曉得即使說的不對，也不會遭受到什麼嚴重的指摘與駁斥；在這種談話中，似乎只要表示出愛國的「心」就行了。他說的平凡，她說的也不高明，可是這種說話使她更了解了他，更敢與他親近。她慢慢的覺到他是最真樸可愛的一個青年，什麼機巧也沒有，只有一片誠心。認清了這個，她不由的在親熱之中，漸漸的要表示自己的優越了。她敢於去批評或糾正他的話了。遇到批評與駁辯，曲時人便沒了話，他不想反攻。桂枝非常得意。可是，趕到論及中國勝敗的問題，時人卻毫不讓步。中國必勝，必勝！沒有理由，沒有佐證，他只相信中國必勝！在這時候，他也頗會發怒，毫不客氣的嚷叫。桂枝不敢再往下死釘，她感到了男子的威力，不但不生氣，反倒笑著把話岔到別處去。他的怒氣消散，她便得意的走開，走得很輕快，絕不像以前那麼七扭八歪的亂晃了；她好像得到些什麼真實的力量，使她的身子挺拔起來。

他與她的這種小的衝突，引起桂秋的注意。他也加入了這個念報與討論的小集會。最初，桂枝很不喜歡哥哥來參加，因為哥哥至少阻減了她自己說話的機會。可是，過了兩三天，她不再反對了。原來桂秋——平日雖然自視甚高——也不懂軍事，也是只憑著民族爭鬥時的一點普遍的情感，來說長道短；不管說的對不對，而只管說的痛快不痛快。說著說著，他覺到了自己的愚蠢；有時候甚至於忽然的走出去，到書房中去懺悔，用最高明的思想來洗滌洗滌腦府，彷彿是。可是，到第二天看報的時候，他又來了。什麼思想似乎也不如使心中跳得緊一些舒服，在這抗戰的期間，他那輕易不露血色的臉上，在這樣談論戰事的時候，也會通紅起來。他那善於擺弄閒雅姿態的手也會拳起來，捶著桌子。對於曲時人，他不再像從前那麼淡漠了；提起金山們，他也有了相當的關心。他到剛要後悔這樣轉變的時節，他似乎會找到一些自慰的答辯：「一個人總要關心民族的存亡的！不管他是誰！」這樣，他不但不再害那隨時襲來的頭疼，而且精神健旺起來。

3

對於堵西汀，桂秋也由冷淡而變為親近。他依然以為堵西汀的思想落後，可是戰爭根本是動作，最壯烈勇敢的動作；在其中，只能以動作配備動作，予打擊者以打擊；而堵西汀恰好是個以動作表現一切的人。跟這個骨瘦如柴，而渾身是膽的人談過幾次，桂秋漸漸的壯起一點膽子來。因為膽子大了些，他開始對實際問題感覺興趣，不再以為一伸手就有被燙傷的危險了。堵西汀不向他討論什麼問題，而每一見面就幾乎是命令式的叫他做些事。桂秋雖然不能一時完全照計而行，可是至少覺得在救國的事情上自己並不用愁沒有份兒；應該做的，可以做的，正自很多很多；即使自己懶得動手，只要肯出錢，別人就會替他辦好。

冼桂枝可為了難。她不曉得怎樣對付堵西汀這個瘦人。因他常來，哥哥的確改變得更溫和更近人情了一些，這是可喜的。可是，堵先生不單單來找哥哥，他也老和曲時人說很長的時間。她不便坐在一旁，詳細的聽他們都說些什麼；可是她也並不肯太大意了。她是義務護士，也就利用這個地位，抽冷子便鑽進屋去，送點東西，或問一句什麼。她的耳與眼都下著很大的心，去捉到幾個字，或看到一點什麼可疑的神色。

她曉得堵西汀是個老江湖，不容易擒住，所以她決定放過他去，而完全注意到曲時人。她幾乎始終沒聽到曲時人說過什麼，可是回回看見他的臉特別的光亮，神氣特別的沉著。她曉得其中必有毛病。

她唯一的盼望是曲時人且別一時就好俐落了。直覺的，她感到一些不好的朕兆：只要他一痊好，他總會被堵西汀拐了走的，去殺人，去放火！因此，獨自在屋中的時候，她坐臥不安的在愁悶與焦躁之中，她要想一些妥當的辦法，留住曲時人。可是，思索適足以增加愁苦，她想不出方法來。於是，趕快的放出笑臉，去找時人。在未走到病室之前，她預備好，要極勇敢的，幾乎是不顧一切的，想一股腦兒把心中的真話真情都告訴他。及至見了他，她的勇氣又消散了，笑也不是，不笑也不是，無聊的，敷衍的，跟他說兒句極平常，不著邊際的話。然後心中空空的，懶懶的，走出來，到屋中扯亂了頭髮，而後再慢慢的梳理好。

這一面走不通，她想直接的和堵西汀鬧一場，把他趕了出去，使他不好意思再來。只要他不來煽惑，曲時人是不會自己出壞主意的。可是，這個方法也難實現。她是小姐，而堵西汀是——據她看——土匪，怎能幹得過他呢？不，不能這麼做；反之，她似乎倒應該敷衍這個瘦土匪，對他表示親善，或者倒許更有好處。

她居然常留堵西汀與她兄妹一同吃飯。有一天，堵西汀聽見外面的風聲不好，坐到半夜還不肯走，她就留他住下，給他預備了一張頂舒服的床。

4

可是，曲時人會下地走動了！會到院中溜幾步了！會到大門外看看了！而且，會在門外去等著堵西汀！

桂枝的眼泡時常的微微紅腫。

曲時人已可以自己照管自己，所以桂枝的眼泡紅腫得不便見人的時候，便一天不出屋門，而曲時人似乎並不怎麼理會！以冷淡對冷淡，才能保住小姐的尊嚴，她不能太失了身分。可是，萬一他就這麼傻糊糊的被堵西汀拐了走呢？她不能坐視不救。這並非單為她自己，也是為曲時人。她必須救他，保護他；她伺候好了他的病，就更當保全住他的性命。她的心熱起來，把眼淚擦乾；不管眼睛是怎麼不好看，鼓起勇氣去找他。

「時人！」她笑得頂不自然，自己覺得出臉上很不得勁：「你是不是要走呢？」

「我？」時人的胖臉在病後，非常的白潤，可是神氣難捉摸：「我？可不是！堵先生叫我去工作，我願意去！現在，我什麼也不怕了！堵先生說，這裡有許多漢奸。妳看，桂枝，樹人們上前線去工作，我不必一定非找他們去不可。前方打敵人，後方殺漢奸，價值是一樣的。桂枝，我感謝妳，妳知道我的嘴很笨，不會說什麼；我感謝妳！我看，我必得去殺漢奸。妳呢，應當去做看護，妳可以做個頂好的看護！再勸桂秋做點什麼。咱們誰也不應當閒著！是不是？」

桂枝答不出話來。不知是怎麼的，她已離時人很近了；低著頭，她拉住了他的胖手。

第十

1

大時代的所以為大時代，正如同《神曲》所以為偉大作品：它有天堂，也有地獄；它有神樂，也有血池；它有帶翅的天使，也有三頭的魔鬼。在這光暗相間，忠邪並存，變化錯綜的萬花洞裡，有心胸的要用獅一般的勇氣，把自己放在光明的那一邊，把火炬投向黑暗處。到把全民族的心都照亮了的時節，我們才算完成了大時代的偉大工作。大時代的意義並不在於敵人炮火的猛烈，我們敢去抵抗，而是在於用我們的鮮血洗淨了一切卑汙，使復生的中國像初生的嬰兒那麼純潔。

一般的說來，人是不容易克服他的獸性的。只有在大時代裡的英雄，像神靈附體似的因民族的意志而忘了自己，他才能把原始的獸性完全拋開，成為與神相近的人物。有了這樣的神人與英雄，我們才能有虹一般光彩的史詩。

在這種意義之下，先死的必然稱「聖」——用個宗教上的名詞；因為他的血喚醒了別人對大時代的注意與投入。

易風便是這樣的一個人。在北平他看見了，從北平他出來了，他決定去幹，不再在陰城等待著甚麼。幹什麼？戰爭是血肉相拚的事，他去投軍。假若他考慮一下，他一定會想到什麼為國家保存元氣，什麼大學生應當繼續去求學，那些冠冕堂皇的話，作退避到後方的自解，正如已經厭世，為家人父子設想而不肯決然出家為僧的人一樣。他沒有考慮這些足以使他餒氣的問題。他只覺得敵人必須打退，那麼他就去打好了。這很簡單，豪爽，而且是根本解決的辦法，他看見了侵略，便走上沙場去廝殺。一切顧忌，一切困難，這時候都不在他的心中。他的眼亮起來，胸中像純青的爐火，沒有一點煙，沒有一個黑點，空靈而熱烈。什麼也不想，他已把過去現在及將來完全獻給抗戰。到了戰場便死，或打個十年八載，都好。一念便決定了永生。他不驕傲，也不謙卑，他只是個戰士，充實，坦然，心中有些形容不出的喜悅。

他昂然的上了火車。很奇怪，沒人攔阻他，車裡的軍士顯然是因過度的疲勞而呼呼的睡著；可是到底很奇怪，他沒有想到跳上火車就像蛙跳到水裡那麼省事。車沒停好久，就又開動，走得很慢。易風沒有顧得去想，軍車為什麼可以這樣慢慢的爬行。他沒有去想這個，也沒有去想任何的事情。他只覺得自己是在車中，而車是往前方去，這就對了，夠了。像殺完人去自首一樣，明知前面是死亡，而大步走上前去，把扁腦瓢靠在車板上，左右的晃動著，不久他就睡著了，把一切都交給了光明的夢。

2

在他的車開出不久，厲樹人，金山，平牧乾，上了另一列車的一間現在改為裝人的貨車，十分不體面，絕對不舒服的一間車。在行李，行軍床，鐵箱等的下面露出些臭爛的稻草，草上染過傷兵們的血與尿；在這些東西的空子裡有抱著槍打盹的武士，和渾身是油泥煙灰的火夫，大家的頭枕在最不宜於作枕頭的物體上，大家的腳伸在最不宜於伸腳的地方。大家都不出聲，只有一個青年的壯士把根洋蠟插在鐵壺的嘴上，細細的看著一張地圖。厲樹人們上來，他——那個地圖的讀者——連頭也沒抬一抬。藉著那點燭光與站臺上的燈亮，他們三個看出來，即使他們肯下功夫，精確的測量一番，大概也很難找到坐下的地方。他們也沒有去費那個心，只很留神的把腳放在不至引起咒罵的地方，立著。

他們可是很快活。平牧乾沒有受過這種苦，但是一路流亡使她曉得這種苦必須忍受。這點苦要是不能受，她知道她就須咒罵時代的不幸，而至少在心理上變成漢奸。還算好，樹人和金山找到了唯一的能有倚靠的地點，讓給了她，她可以換著腿立著，不至兩腿一齊痠痛。堵西汀的介紹信，是在她手裡，因為厲與金不相信自己的仔細而交給了她。她只好拿出這封信看著，以便激起自己的勇敢；車內其餘的東西實在使她寒心，即便不馬上後悔，看久了也總會覺到無望的。

樹人的方硬的臉上沒有任何表情，把手抱在腋下，穩穩的立著。他把命運交給了抗戰必勝的信仰，抱著那信仰，就不便再為自己想什麼了。

金山簡直連立也立不穩，可是他東晃西搖的在那樣的環境裡設法找出一點好玩的事來。一向自負，現在他可一點也不再想到自己，他的圓眼把車中的一切都看到了，而後覺得都好玩，都有一些趣味。這些好玩的東西，人物，將陪伴著他去了，去到那更好玩、更趣味的地方——那以鮮血澆溼了的大地，以死之爭取生存的戰場。這時候，他不熱烈，也不退縮，只是像為看一部奇書而跑十里路的樣子，渴盼著快到那裡，看到一切。到那裡之後，自然他希望自己能做些什麼，不只是立在一旁看熱鬧。可是，他不再以為因他來到而一切就順利起來；在戰爭的裡面，他覺出自己的渺小，也就是放開了心與眼，認識了渺小的努力才輻成時代的偉大。

車慢慢的開了，他們想不到說話，忘了過去，幾乎不知道自己是誰。心跳得很快，眼很明，似乎只是那麼一股氣，一股香熱有力的氣，充滿了他們的心與肢體。這時候，他們已沒有了個性，而像被捲在波浪中的魚，順流而下，狂喜的翻轉著鰭與尾。他們是被支配在一股熱潮中，身不由己的往前，往前，往前，去看那光明與開朗的聖地。利與害，平安與危險，全不在他們心中。他們沒有計較，只有奔赴，把骨頭投在火中燒完是最大的喜悅。

3

抽冷子，那個熱心看地圖的青年，向樹人問了句：「幹什麼的？」這個青年長著張最陰鬱的臉，頭上剃得光光的而顯不出一點明朗，嘴唇是那麼厚，簡直使人懷疑他會有把他們張開的力量。他的眉是兩叢小的黑林，給眼罩上一片黑影。他最好是坐在地窖裡寫一本恐怖的小說，或是去扮演神怪戲劇中一個小魔，絕不適宜於當兵。可是他的確穿著一身軍衣，頂髒，頂鬆懈，胸前那塊標誌，幾乎是像隨便從垃圾堆中拾來，而更隨便的貼在那裡的。

厲樹人最初是想笑，然後又覺得就是不笑，而告訴他實話，他也絕不會相信；這個青年既那麼認真的看地圖，一定不會輕易相信什麼。結果，樹人極坦然自在的，信不信由你的，說：「我到前線去服務。」

似乎很捨不得把眼離開地圖，那個青年很慢的把地圖放在膝上，然後抬起頭來楞了一會兒，彷彿是在記憶哪一省有多少人口，與多大面積似的，事實上，他並沒背誦這些，而是思索樹人的話。言語達到他腦中是很慢的事；已經達到，他還須用力去捉住，才能明白話語的意思。

「啊！戰地服務！」他吟昧著，似乎是表示他已聽明白，而值得驕傲。又待了一會兒：「沒有多大用處！」

金山和平牧乾都注意到樹人與這怪青年的談話，他們不約而同的想問：「怎樣沒有？」可是一見樹人沒言語，他們也就不便出聲，而呆呆的看著那個奇異的兵。

樹人看出那個青年聽話與預備話是那麼不容易，所以決定不發問，而等他自動的陳說，省得多耽誤工夫。

待了半天，怪青年果然預備好了一段話，說得很慢，很真，很清楚。他的聲音低重，像小石子落在滿盛著水的罈子裡似的。他說：

「從政治上看，從軍事上看，從人心上看，我們都沒有打勝的希望。」說完這句，他趕緊一抬手，似乎唯恐樹人發問，而打斷他的思路。「你必要問我：為什麼你來打仗呢，既然明知無望，沒用？很難回答。我是因悲觀而來打仗，被敵人的槍彈射死，強似自殺。失戀麼？不，永沒重看過女人。沒飯吃麼？不，小康人家。但是在一個沒有什麼光明的社會裡活著，縱然不飢不寒，沒有女人的纏擾，究竟是不痛快的。死較比是痛快的。沒有戰爭與革命的精神麼？我看見過自號戰士的人，只知道幾句標語，而陰惡萬分；一千塊錢就連他代他的標語一齊收買過來。」他完全像是自白了，沒看著樹人，也沒看著任何東西，眼藏在眉下，厚嘴唇慢而費力的啟動。「投軍，服務，一概沒用。我只為乘這機會結束生活的——或簡直應稱為生命的煩惱。」他抬頭看了樹人一眼，彷彿已忘了樹人是和他交談的人。愣了一會兒，又把地圖拿起來。

「正如洗桂秋一樣，」金山向樹人點了點頭，「所不同者，一個是因悲觀而不動一個手指，一個是因悲觀去迎著槍彈走。都很可惜！」

樹人看了看那個地圖的熱心讀者。知道他不會聽見他們的話，笑了笑：「這個人還有希望，等到他上了陣，看見士兵的英勇，他就會開口笑了。你若不到菜市去，你就不能明白人們為什麼因半個銅板而起爭執。要明白民族的真價值，得到戰場去。這個仗必須打，不單為抵抗，也是為改建國家。說到桂秋，他不能與——」樹人指了讀地圖的青年一下，「相比。不動的便是廢物。」

「桂枝比她哥哥好，」牧乾把個哈欠堵回一半去，用手輕輕拍著口。

「也好不了多少！」金山故意對女子不客氣。

「總好一點，」牧乾用妥協代替爭辯。

4

據說是純烈的愛情能使人成為英雄豪傑，可是我們並沒看見多少這樣的事實。至於洗桂枝，我們可以斷言她並沒有一點點使曲時人成為英雄的意思。反之，她都是利用著機會拴住一個平凡的人；要是不在這個兵荒馬亂的時節，她曉得這種結合是不易成功的。以她的財富，身分，她縱使看出婚姻的無望，也不肯這麼降格相從；即使桂秋不加干涉，親友們也會在背後指點她的。戰爭把人心搖動起來，忙著結婚成為共同的諒解，即使不大合適也沒有太大的關係了。大時代來臨，替桂枝解決了困難。她自己的事高於一切。抓住時代，遠不及抓到一個愛人。不錯，她可以去服侍曲時人，甚至於去服侍一個傷兵，可是這只是愛的附屬工作，她不明白那工作本身的意義。假若非服侍傷兵去，時人還能看得起她，她也就只好前去。若是不須服侍傷兵去，而事情也很順利，那自然就不必多此一舉了。說真的，她是正向著這條路子上引導時人，叫他忘記了樹人們，忘記了復仇，而逐漸的把她所習慣的生活傳授給他。同時，她願使哥哥桂秋做些可以叫時人滿意的事，而這些事是並不難做的，只要出點錢就可以做到。

她叫桂秋馬上找老馮來做防空壕。桂秋只笑了笑。在她，她願使時人看著大家忙碌，感到生活的趣味，而忘了那流血捨身等等可怕之事。在桂秋，經過堵西汀的薰陶，他漸漸知道了實際行動的價值，雖然一時還想不出把自己放到什麼地方去。懶散慣了，實際行動的價值，他能用不屑的精神忍受平常小小的壓迫；連老馮那樣一個木匠，他也寧可扔些金錢，而圖個心淨。

曲時人不明白桂枝的心意，他老老實實的以為她是可以造就的女子，起碼也可以變成牧乾那樣，去服務，去盡力。不錯，桂枝拉住了他的手。可是他以為這不過是一種小小的親密，正像西洋故事裡所形容的那種英雄崇拜。在國家危急的時候，女子對於肯為國去犧牲的男兒，當然有一種欽佩鼓勵的表示。他自已不是將要聽從堵西汀的囑告而去拚命麼？她當然看得出來，也就當然表示一點欽佩。「這算不了什麼，」他告訴自己。等他真要執行堵西汀的命令的時候，桂枝還要有更親密的表示呢，誰知道。對於桂秋的改變態度，他認為更有價值。他心裡想，假若桂秋肯幹的話，那簡直自己可以練起一旅兵來，擔任保衛陰城的責任。至於一旅兵怎樣練，和有多大武力，他完全不知道。

5

到了荒涼的小站，車停住了。樹人們爬下車來，蹓一蹓腿，站上沒有腳行，沒有旅客，只有黑黑的天扣著幾盞不甚亮的燈。一兩個鬼魂似的警察，呆呆的立在燈光下，持著年代久遠的破槍。前面還有一列車，車上沒有燈光，機車上發著嗞嗞的輕聲。兩列車上一共下來沒有幾個人，睡熟了的自然繼續他們的戰士夢，那醒了的看站臺上連個賣水的也沒有，也就不便費事爬下來。

牧乾要哭，這荒涼的小站，忽然使她想起家來。從流亡到現在，她沒有這麼難受過，看著四外的黑野，她找不到家，也找不到最親密的朋友，密密的星光下是無限的黑暗。她不後悔到這裡來，只是在這黑暗中她感到無可解慰的淒涼。為怕叫同伴們看見她的淚，她獨自往前走了些。她忽然想起桂枝，心中稍微平靜了一些，把淚偷偷的彈去。不，一切都不須再想。她抬起頭來，天上的星彷彿有種對她表示親密的樣子了，那麼多，那麼密，都像閃著一點發笑的光。把自己忘掉吧，做個有用於抗戰的好女兒！家鄉，前途，誰去管！她在黑影裡無聊的，勇敢的，笑了一笑，彷彿是在瘋狂與剛毅之間笑了一笑。

沒注意前面那列車上跳下一個人來，雖然她已離那列車不甚遠了。那個人向她這邊走來，她只往裡手岔開腳步，有意無意的讓開路，省得走個兩碰頭。

「牧乾！」那個人離她也就有三步遠了。

「易風！」她把一切都忘了，好像全憑欣喜主動著，她回過頭去叫：「樹人！易風在這兒呢！」

像瘋了似的，樹人和金山跑了過來，不顧得講什麼，大家只是笑，這純摯的笑，把一切亡國與流浪的苦痛都勾銷了，笑出最誠意的聯合，笑出民族復興的信仰。

「你跟我們走！誰想到你就在這個車上呢！」金山把這兩句重複了好幾遍。

「各走各的路！這兩列車決定你我的命運！」易風還是笑著說。「我們不能都去當兵，也不能都去服務，各走各的路，好在都是往一個方向走。時人呢？」

都想起來時人，都回答不出，都相信他必會趕來。

「你也去當兵？」那個熱心讀地圖的青年，不知什麼時候立在他們旁邊。

「我去當兵！」易風並沒覺得那個青年不該管閒事，戰爭把人們都真變成了同胞。

「你還沒穿上軍衣？」厚嘴唇的青年坦率的質問。

「我還沒有找到隊伍。」易風笑了。

「那，你隨我來吧，我有辦法！」厚嘴唇青年扯住了新的朋友，或者應更恰當說，去找死的同伴。

6

曲時人預備好了他的工作。

「我得搬出去，桂秋，謝謝你，你……」他覺得該感謝桂秋的地方太多，反倒無從說起了。

「你上哪兒？」桂秋現在已不那麼輕看他的朋友了。

「一時不離開城裡。因此也就不能在你這裡住下去！」

「你太小看我了，時人！」桂秋從來沒發過這樣的脾氣，可是猜到朋友是去拚命，自己沒法不挺起胸來，拿出點男子氣來，「你怕連累了我，是不是？」

「倒不是，沒那個意思！」時人的臉上紅起來，他是不慣於扯謊的。

「你不能走！」桂枝臉上一點血色也沒有了，驚惶的走進來，大概是在門外已偷聽了一會兒。「你，你不能走！」

「我還來看你們呢！」時人不知怎好的敷衍她。

「你不能走！」桂枝，當著哥哥，沒法子講別的。

桂秋似乎明白了妹妹的心意，可是想不出說什麼來。他的思想不夠解決實際困難的。

第十一

1

馮木匠的紫臉上起了光。給洗宅做活，賺頭向來是大的，現在要在後花園挖個五丈長的防空洞，那麼，多了不說，五六百塊錢簡直如同放在他腰包裡那麼穩當了。

可是，五六百塊並不是足以叫馮掌櫃臉上發光的數目。他還承應下來包修全城的防空壕。這的確是筆大生意，從賺錢上說，實在足以使任何包工人都得揚眉吐氣。

他從洗宅借到的兩千塊錢是絕不夠用的了。倒不是不夠買材料的，而是不夠運動官府用的。為這筆工程，他根本用不著去預備材料。雖然他也承辦過官活，深知在作官工中的訣竅，可是這次的作法，連他也不能不稍覺得離奇了。當年，在老馮的師傅還活著的時候，曾經包辦過一筆官工——二十萬塊錢的工價，只在城牆的半腰中畫上一道三尺寬的青灰。在那時候這項畫灰的工程名為「修城」。馮掌櫃永遠不能忘記這回事，也就老希望能有這樣的一筆生意落在自己手中，好與他師傅爭光。老馮的志願達到了；修防空壕的經費是二十五萬，比城牆上抹灰道子還多著五萬，抹灰道子，到底得扎交手，用青灰，工料都須出錢，修防空壕還用不著費這麼多的事。既是壕，就必定在地下，不必扎交手，省去很多「工」。再說壕者溝也，而陰城原有不少泄水的明溝。老馮的工作只須把這條明溝稍加整理，東邊鏟一鏟，西邊墊一墊的，便可以交工。同時，他須預備出二三十塊小木板來，等交工的時候把木板送到衙門裡去，由衙門中派員寫上「避難往東」等字樣，而後再派員釘在適當的地方，便算完成了陰城的防空設備。老馮，在承應與執行這項工程中，只須告訴一名木匠刨那些木板，十幾名泥水匠到處鏟鏟，或墊墊明溝，和預備一大筆運動費。借來的那兩千塊錢絕對不敷用的。他很忙，忙著集款，以便及早動工。這種忙碌是有意義的，到處他臉上放著紅光。

洗桂秋的朋友，那位軍官，在擬定利用明溝，速成防空設備的計劃中，很賣了些力氣。洗桂秋給文司令的信發生了驚人的效果。文司令和其他的重要官員，都沒有能想出明溝在抗戰中的價值，而防空設備是事在必辦，那幾十萬的防空捐又必須由官吏分用，怎辦呢？桂秋的信送來的恰是時候。運動這個差事的人不下二三十位，文司令本不必一定把面子給桂秋。可是，為集思廣益，不妨見一見一切候補的人，於是桂秋的朋友就被接見了。

他——桂秋的朋友——有主意，能使防空設備馬上完成，而且金錢可以落在負責人的手裡。派他去辦，他就把話說出來，否則把計畫放在心中，誰也沒法子知道。差事就這麼到他手中；計畫拿出，果然高明。

文司令與其他負責辦事的人，甚至於那些運動失敗了的人，都一致的欽佩桂秋。據他們看，桂秋手下是真有人材。因欽佩，所以大家一提到他便也聯想到：假若陰城陷落，洗桂秋最好出頭領導群眾，因為他既不是官員，沒有捧印投降的惡名，而且他的身分又是那麼高，絕不至叫敵人輕視。有備無患，大家須預先為他製造些空氣，他們不約而同的把洗桂秋改為洗公子；洗公子將是他們的領袖與福星，連文司令都去拜訪了洗公子一趟。

桂秋莫名其妙。要不是文司令來，他簡直想不起他曾為那位朋友寫過介紹信。見到文司令，想起那位朋友與那封信，他可是絕想不出那封信會有什麼多大的作用，至多也不過是使他的朋友得到這個差事，而得差事本是他的朋友的目的；目的既已達到，總算了結了一樁麻煩。他就是怕麻煩。

因為怕麻煩，所以他只能享受自己的財力所能供給的舒適與嗜愛，而把一切實際的問題與辦法都推在一邊，他的腦子是動的，他的心可是死的。他的身體簡直不會活動，多走一步他所不愛走的路，他就害頭疼。

後花園裡修防空洞，已經動工了四五天，桂秋打不起精神去看一看。那是老馮的事，他管不著。老馮根本不曉得防空洞應該怎麼做，所以只按照蓋小房子的辦法，蓋了三間小土房，只有門，沒窗戶，以便成為「洞」。屋頂上覆了小少的土，以便擋注炸彈，別的他不曉得，他可是知道防空洞是防轟炸的。

洞蓋好，他找桂秋交了活。桂秋照數開了錢，並沒到花園占看。妹妹桂枝要是有精神，無疑的是要和老馮吵鬧一陣的；可是她一天到晚在屋中落淚，因為曲時人到底是搬了出去，不論怎樣的留勸也無效。

老馮因為給洗宅蓋造防空洞，並且包修全城的防空壕，遂成為陰城造洞造壕的專家，而應下更多的生意來。他幾乎每天到洗宅來，領著他的主顧兒來看「樣子」。「就照這樣兒做吧？土還要加厚？看，這已經夠厚了，五尺多！要再加上二尺怕要自己塌下來的！五尺很夠擋炸彈的了！炸彈沒多大勁兒，就是響聲大。」那些來看樣式的人，雖然不深信老馮的話，可是洗宅的防空洞既是這樣，大概不會有很大錯兒的。於是便把性命交與桂秋的疎懶，與老馮新蓋的土屋。

2

曲時人的住處是間小黑洞，在陰城極熱鬧的一條巷子裡。巷子不寬，可是晝夜不斷行人。巷子不長，可是小飯館就有兩三個。堵西汀把曲時人安置在這裡，好不至引起懷疑，因為誰也想不到在這麼熱鬧的地方會藏著個小黑洞。

黑洞雖小，堵西汀可是常常帶著朋友來聚談，屋子裡坐不開五六個人，所以有時候大家就須立著商議他們的事。

曲時人很滿意，他不怨屋子裡黑，也不怨沒有坐處——朋友們來到，他應是第一個立起來的，因為他即是新手，又是小黑洞的主人。在這間小黑洞裡，沒人的時候他得以靜靜的思索；有人的時候他得以聽到使他見到一些光明的話語。在這牢獄似的地方，他看見了智慧與勇敢。他覺得自己彷彿像是在一個卵殼裡，雖然見不到陽光，可是正在吸取智慧與勇敢，然後可以孵出一個新的人來，一定不是先前他所在的學校中能造就出來的。

這小屋，當堵西汀來到的時候，就是在白天也對面看不見人。堵西汀的煙卷是接二連三的吸著，而他又不許開開屋門；屋裡滿是菸。堵西汀的菸吸完，照例是曲時人到街上去買。曲時人不大願意出去，因為雖然離菸攤子不遠，可是一出去到底得少聽見許多句話，這是個損失。

慢慢的他想起一個辦法，他得給堵西汀預備下香菸，省得臨時出去買。極平常的一個主意，可是他非常的得意，他以為這足以表示他的熱烈，他之機靈。從前，他對一切都馬馬虎虎，現在他連一個字也不肯隨便的放棄，凡是堵西汀說出來的，他都須聽到，放在心中。

他幾乎連復仇的念頭都忘了。自己所受的那一些委屈算得了什麼呢，他須在堵西汀的指導下，去把命賣掉；這樣死，他以為，才會有價值。他不叨嘮了，他幾乎是終日一語不發，心裡與臉上都極靜，靜靜的等候著命令；假若堵西汀發令叫他馬上去投個炸彈，他覺得他會連大氣不出的，揣起炸彈就走。

在他們的商談中，他可也聽見不少他所想像不到的壞事，像已有人趕辦太陽旗與五色旗那種事。聽到這些寡廉鮮恥的事，再聽到堵西汀們設法破壞這些事的計議，他就特別佩服堵西汀與堵西汀的朋友們。不錯，堵西汀們人少勢力小，不能一網打盡的把漢奸們一齊肅清，可是唯其以少碰多，以弱碰強，才見出熱誠與真心，才是真肯犧牲。英雄似乎是，曲時人咂摸著，只計邪正，不計成敗的人。

3

不肯聽別人批評自己的，是未曾了解自己的人。堵西汀在朋友中，有時候顯出獨斷獨裁，但是當大家計議的時候，他儘量的聽，熱誠的鼓勵別人講話。他的專制是在執行的時候，因為執行一件事與商議一件事並不相同，商議儘管詳細，可是無論如何也不能把執行時的困難與辦法都一一的想到。堵西汀可以在商談時接受大家的意見，而在執行時自有他的辦法。他有膽量與經驗，他知道非照著自己的辦法走不能實現大家擬定的計畫，他不便因客氣而把事弄糟。這個態度不算錯，作領袖的理當能寬能緊。可是，這麼習慣了，他漸漸的把心思全放在實際上，而對理論與理想視為無足輕重。當大家商量事的時候，雖然他還不限制別人說話，可是有時候對稍為空洞的話不能忍住性子去聽，連連的吸著煙卷，他像個受了傷的蟲子似的扭轉著瘦身子，使椅或凳發出響聲。這使發言人很難堪。他知道這不對，可是管束不住自己；他的熱烈使他不怕得罪人，而得罪人又使他心中不安。因免去不安，他有時候鬢髮狠，使人怕他。

正落著細碎的秋雨，堵西汀的帽子帶著一層像露珠的水星，鑽進了那個小黑洞。

「他們怎麼還沒來？」他問曲時人。

屋裡雖然很暗，曲時人還能看到堵西汀的眼光，極亮的往四下裡旋掃，倒好像不是找人，而是尋一件什麼東西似的。

曲時人還沒回出話，又進來兩個人。曲時人只能看清他們是一高一矮，看不清他們的面貌，因為他們都把帽子戴得很低。曲時人近來也學會把帽子戴到壓著眉毛，一來是大家都那樣，二來是這樣戴帽使他心中覺出一種神祕的勇氣。對這些低戴帽的朋友，他不敢多問什麼，就是他們的姓名也不敢問。他只覺得他們是一些英雄好漢，無名的英雄好漢，到這黑洞中，商量一些把陰城從滅亡中奪回來的事。

「來晚了，你們！」堵西汀把帽子摔在個黑暗的什麼地方，沒等他們答話，他接著說，語氣柔和了一些。「先談著，不用等。他們，永遠不記準了時間！」

大家都摸索著坐下。曲時人把香菸遞給了他們。

「聽說保安隊已繳了槍！」那個矮子的聲音。

堵西汀沒答言，只微聲哼了一下。

「西汀！」矮子幾乎是央告著，「西汀！咱們不能專做破壞的工作，雖然該殺該破壞的人與事是那麼多。連保安隊都成了赤手空拳，這座城豈不成了空城？」

「可就是！」堵西汀劃著一根火柴，把兩塊瓦似的腮照得發了點亮。「連保安隊的槍還收回去，咱們有什麼方法去組織民眾呢？你一去宣傳，就先下了獄，或喪了命；而人民又須極詳切的勸告才能明白。怎辦呢？在鄉間倒比在城裡容易一些，可是城——別看這是座死城——是心臟，把城丟了，便是把一切可利用東西與便利都丟了。所以我們必須保衛這座城。一點不錯，在保衛陰城——或任何城市——的工作中，組織民眾是最積極，最重要的事。民眾是鐵，組織，只有組織，才能把鋼煉出來。可是，我們怎麼下手去做？手不准動，口不准開，兵在他們手裡，槍在他們手裡！我們還沒把人民勸明白，已經被捉了去。與其那麼犧牲，還不如咱們照著老方法去幹。照咱們的老方法做事，我們犧牲，他們可也得死。打死一個是一個。」

「死了一個，還有一百個來補缺——」高個子冷笑了一下。

「我知道，我知道！」堵西汀急忙把話搶過來。「所以我不單是在這裡工作，也往四外送人，叫他們到各處去工作。至於你我，哼，恐怕沒有更好的方法，既在這裡，就沒法公開的活動什麼，只能在黑影裡端著槍。不積極，沒有建設性，一點不錯，可是一個人恐怕也只能做一樣事，做環境逼他必去做的事，你不能拿理想來看輕你實際的工作，也不能用做不到的事來限制你能做到的事。一條狗能守門，而不會上樹。時人！」堵西汀忽然把話轉了方向，「你去找洗柱秋，給他個警告！」

「怎麼啦？」時人傻子似的問。

堵西汀笑了。「告訴他，有人想舉出他去歡迎敵人。」

「他不是那樣的人！」時人沒法不為他的朋友辯護，雖然他極崇拜堵西汀。

「不管他是什麼樣的人，凡不動手做實際救亡工作的，便使人有機可乘，拉到漢奸裡去。告訴他，我們並不懷疑他。可是他必須做點什麼，使他鮮明的立在與漢奸相反的方向，不管他愛動不愛動。」

「假若他不動呢？」時人非常關切朋友的安全。

「我們並不特為他而費一個槍彈，可是難保不帶手兒把他打在這邊。」

「（口歐）！」

4

時人很自傲能得到工作。可是想了一會兒，他覺得這工作太容易，沒勁。繼而又一想，這也不很容易。先不用說別的，以講話而論，他就說不過洗桂秋。假若洗桂秋一笑置之，怎辦呢？

啊！想起來了！他得像堵西汀那樣，四面八方的想辦法，不能毫無準備而去，空著手回來。他得用他的腦子。做個戰士須是智勇雙全的。

對，他應當先找洗桂枝去。桂枝不像桂秋那麼厲害，可是頗有左右桂秋的能力。把她說動，事情就差不離了。

把帽子戴得很低，冒著小雨，曲時人心中很亂，而並非不快活的，去找桂枝。

第十二

1

車什麼時候開？沒人知道。因為這樣沒把握，所以樹人們才不敢多在站臺上說閒話兒，萬一車忽然走了呢！他們都擠進車去。車裡還是那麼亂，那麼擠，可是他們的腳尖像是已經受過訓練，很準確的東點一下，西點一下，把自己安插在可以站立的地方。讀地圖的青年，把自己的地位讓給了牧乾。

「在死的前夕，對女人還應當客氣！」他極費力而義極老到的說，並沒有一般年青人因說了句俏皮話而得意的神氣。

牧乾很想不坐下，而且要還給他一句漂亮的話，可是她真打不起精神來，像個小貓似的，她三下兩下把身子團起，在極難利用的地勢，把自己安置得相當的舒適。看看自己的鞋尖，看看左右，看看朋友們，她一會兒覺得一切都生疏，一會兒又覺得事事都熟悉，心中又清楚，又糊塗，難過而又無可如何。慢慢的，她眼前的人與物迷糊了一下；勉強睜開眼，又閉上；閉著眼，有意無意的拉了拉衣襟；不放心而身不由己的入了夢境。

樹人們的眼慢慢的也很費事的才能睜開。他們再不能保持著站立的姿勢。無可如何的，他們把地下橫著的腿，東搬起一隻，西挪開一條，像撥樓柴草似的，給自己清理出可以坐下的一塊地方。只有讀地圖的青年還有精神，還想陪著大家議論，好像熬夜不睡也正是他打算自殺的一個方法。見大家都坐下打盹，他又並不強迫他們和他說話，他獨自楞一會兒，嘟囔一會兒。

夜在作夢的心中只是那麼一會兒，像片黑雲似的隨風飛去。車裡的人隨著晨光漸次活動，有的猛然坐起來，楞著，楞了半天，才明白過來身在哪裡，又無聊的倒下去。有的閉著眼念道了一些什麼，咳嗽一陣。有的把手從別人的身下抽出來，枕在自己頭下，嘆口氣。有的打著虛空而委婉的哈欠，把手碰在別人的身上。這些聲息，這些動作，叫沒有動靜的人也感到夜的逝去，雖然懶得動，可已不能安睡。慢慢的，有人走下車去，慢慢的，更多的人走下車去。沒地方去洗臉，到處可以撒尿。大家東一個西一個的，對著薄薄的晨霞，開始奇怪為什麼車還停在這個空寂的小站。車站上沒有人，車頭上微微發著點白氣，一條瘦狗慢慢的在車輪旁隨嗅隨走。幾片碎紙在軌道間輕輕的動，小風一陣陣的很涼。

兵士們幾乎都下了車，去做些什麼。樹人們即使不必因為睡得晚就得起得遲，也要利用這個機會多忍一會兒，他們的腿可以自由的伸出去而不至踢在別人身上了。

不久，太陽把早露推開，光明照遍了大地。樹人們不敢再睡，可也不好意思下車；同車的人們還並不認識他們，他們簡直不能不承認自己是「黃魚」。那個讀地圖的青年是可以幫助他們的，不錯；可是他並沒在車上。他們很想商議個辦法，因為他們必須馬上與兵士們發生關係，才能解決許多必須解決的問題——比如，問問這列車到底什麼時候開走，他們該到哪裡找到水喝，……但是他們打不起精神去交談，他們還沒睡足。他們心中只能懸著這些問題，似睡不睡的臥著。陽光把車中照亮，顯出特別的髒亂，他們並不敢因為髒亂而走出去，他們臥居的那一塊地方似乎非常的寶貴，難得。

正在這個時候，車外亂了起來。飛機！飛機！我們的！中華民國萬歲！不要吵！飛機！敵——機！車上的下來！敵機！一定是敵機！從東北邊來的是敵機！站臺上的人們這樣喊叫，車上的人們急忙往下跑，鞋聲，喊聲，槍刀的響聲，結成一片。人們亂，可並不慌；想躲避，可是得等命令。有的嚷，有的罵，有的還開著小小的玩笑，好像是毫無紀律。可是儘管亂吵，誰也不敢私自跑出去，又分明是極有紀律。這麼亂了一會兒，車的最後邊上來了兩位長官。站臺上馬上沒了聲音，而遠處空中忽忽的聲音都更清楚了。命令：離鐵道五十米外，散開，臥倒。一聲「明白！」大家和箭頭似的跑開。車站上只剩下了兩列車，微微放著點白氣。

樹人們聽見了大家嚷，聽見了飛機的響聲，聽見了命令，全像頭上澆了一桶涼水那樣清醒了。樹人一把扯起牧乾就往下跑，金山們緊跟著。跳下車，跳下站臺，跑過鐵軌，越過木柵，他們有點恐懼，又覺得怪好玩，百忙中抬頭看一眼，飛機五架，穩穩的，慢而快的正往車站這邊飛。

地上的土很鬆，他們的腿使不上力量；沒跑出多遠，大家已都見了汗。在學校的時候，誰都自許為身強力壯的好漢；現在，他們看那些兵已跑出老遠，而自己的腳卻費好大力量才拔出來，心中未免發軟。想不出更好的話來自解，他們都督促牧乾快跑。彷彿若是沒有她，他們就至少也能更快一些似的。

「撒手！」牧乾從樹人的手中奪出自己的小手來。「不用管我，你們跑你們的！」她立住了，扶著心口喘氣。

「快！」樹人絕不肯放棄了她。

牧乾又勉強跑了幾步，腿一軟倒在了地上。「不用管我！」

英雄主義使他們不能離開她。而大家散開以減少死在一處的危險又是理之當然；

他們進退兩難，而飛機的響聲是越來越大。金山一邊走一邊說：「樹人！假若你不能抱起來她，你自己就多跑幾步！多活一個總比多死一個強！」

「跑你的！」牧乾喘著喊。

「跑！跑過那棵樹去！」易風一邊說，一邊倒在地上：「我陷著她！」抬起頭往回看了看：「這裡已離鐵道有一百多米了！快！跑你們的！」看著樹人已跟上金山去，又喊了句：「找空地！別在樹底下，留神掃射樹木！」

樹人和金山用盡了力氣，又跑了三百米，實在無法再跑，像兩塊木頭似的倒在地上。金山剛喘過一口氣來，就往前爬了爬：「前面有道小溝，樹人！」樹人沒說什麼，隨金山往前爬。小溝只有三尺來寬，二尺多深，他倆很快的把身子橫過去，把頭爬在土上，頭上的汗像水似的往下流。溝雖然不深，可是他們似乎感到一股熱氣；這點也許是想像的熱氣，使他們覺得安全可靠。他們可是不敢抬頭，因為一抬頭就可以看到外邊的一切；那麼平，那麼寬，除了前面有幾十棵樹以外，什麼掩蔽也沒有！氣喘的稍微好一點了，他們都無聊的聽著飛機的響聲。用手揪住幾棵堅硬的草桿，倒彷彿這點東西足以安定他們的心似的。

「我的襪子全溼透了！」金山不自然的笑了笑。

「嗨！你們把胳臂墊在胸前！張開嘴！」讀地圖的青年的聲音。他就離他倆不遠。頭靠著溝邊，身子折成個元寶似的極不舒適的保持著坐的姿式，

金山往青年那邊爬了一點：「你為什麼不倒下？」

「我這是坐以待斃！」他極費事的笑了笑，而又回頭看了看：「來了，衝咱們這邊來了！」

樹人照著那青年所告訴的方法，把胳臂墊在了胸下。在戰爭中，他以為須用小心配備著勇敢。稍為把臉側揚，他的眼已隙到兩架飛機。天是那麼晴，陽光似乎把藍空織進一層銀線，使藍色裡閃出白光。看著這樣的藍天，本當痛快的高唱幾句或狂喊幾聲。可是，那鋼的鳥在天上，整著身，伸著鼻，極科學而極混帳的，極精巧而極凶頑的，極脆弱而極驕傲的，發動著死的魔輪，放著死的咒語；把一部分天地嚇住，不敢出一聲，只有它的有規則而使人眩暈的輪聲像攝取著一切的靈魂似的在搧動。陽光在飛機的翅上，顯著特別的亮，亮得可怕。藍空隨著飛機而旋動而震顫而慘白而無可如何的顯出空虛無聊，甚至於是近於無賴——就那麼無風無雨的任著那鐵鳥施威。

「臥下！」金山告訴那地圖的愛好者。

「一二三，五架，起碼有幾十顆炸彈！」青年依舊坐在那裡，張著嘴，很細心的數那些飛機。「飛得真低，連那些鐵花瓶都看見了！」在樹人的眼角上，天和飛機都轉了彎！

「找車站車呢！我這顆頭是不值一顆炸彈的！」

青年這句話還沒說完，飛機的輪聲似乎忽然停斷了；空中猛然間像一群鬼在嘯叫。這嘯聲是那麼直，那麼硬，那麼尖，好像要一直鑽到地心裡去；它不僅像一種聲音，而是帶著響聲的一些怪物；鑽透了天空，還要鑽透了地心，順手兒把人的靈魂吸攝了去。它使人不但驚懼，也使人噁心。

緊跟著，地裡像有什麼妖魔在翻身，彷彿要把人整個的翻到下面去。天地間的生機似乎完全停頓，一切都在震顫，擊撞，爆裂，響動。秋葉被狂風掃落。多少條彩閃似的一直的自上而下落下來，或橫掃過，一眨眼，秋樹已成了光桿。隨著樹葉，天空飛動著向來不會飛的東西，一節鐵軌驚鳥似的落下來，打倒一株老槐……。

2

鬼嘯與地震過去了，極快，極複雜，極粗暴的過去了。天上的機聲又有規律的嗡嗡起來。又來在樹人們的頭上，拍拍拍拍，幾陣機關槍掃射。而後，才安閒得意的昂起頭來，向東北迴飛。這殘暴，這傲慢，使每個人將要凝結的血由憤怒而奔流，把灰黃的臉色變為通紅。樹人的身旁落了許多槍彈，打得他滿身是土；土與汗合起來，使他感到像落在泥塘那樣的難過。擦了下臉，他似乎已忘了金山是在那裡，而試著聲兒叫：「金山！怎樣了？」

「沒怎樣，」隨著這聲音，坐起一個灰土的金山。

看到金山，樹人也就看到那個地圖的讀者，還在溝中橫窩著，可是雙手捂著眼。金山要笑，樹人的眼神攔住了他。

金山起來撣身上的土，那個青年像由夢中驚醒了似的把手急忙放下去。樹人急於去找牧乾，可是被那個青年攔住。他極慢的說：

「我叫光明，你們記住！從現在起，我不想自殺了。這是戰爭，在戰爭中，必須去殺敵，而不是自殺！看！」他指了指遠處。「看，那些弟兄們，極靈敏的跑出去，笑嘻嘻走回來。那是戰士，不白死，也不怕死。我並不鎮定，雖然我是來求死！他們，」他又指了指，「證明了我的錯誤，我以為自己是好漢，他們是些飯桶。看，他們都笑嘻嘻的，我卻待在這裡！」

「他們也怕，」樹人一邊擇土一邊說，「誰都是肉做的。心一動，臉就發白，沒法子！你沒法不叫臉不變白，可是能夠因訓練與經驗而不慌，不慌才能勇敢。以咱們比他們，咱們差的太多了；他們是戰士，也是我們的老師！」他向鐵道那邊打了一眼，「兩列車和車站都完了！」

金山跳出溝來，向前望了望：「易風！牧乾！」回過頭來，「他倆也沒死！」

「聽老兵們說，」光明很費事的立了起來，絕對沒有去擇土的意向：「轟炸並不可怕，厲害還是機關槍。你說對了，只要咱們有了經驗，臉白而不哆嗦，就能不怕轟炸。」

3

「哎呀，我的媽！」牧乾的臉上很紅，頭髮上落著一層黃土，和幾個乾草葉。「怎那麼響啊？我當是地球兩半了呢！」

「要不是我拉著她，」易風告訴大家：「她一聽見頭上吱吱的叫，準保爬起來就跑！」

「一跑就危險了！」樹人好像深知戰事的一切似的說。

「哼，」易風直爽的一笑，「這才是真的試驗呢！膽子是得練出來的。咱們在學校裡，只練習喊口號，沒練過聽炸彈！教育的失敗！」

「牧乾，」金山輕輕地叫了聲，「回陰城吧，這不是女子該來的地方！」

「我承認膽小，可是我得把它練大了！就是你陪著我回去，我也不幹！你們上哪兒，我上哪兒！」楞了一會，她開始整理頭髮。

「說真的吧，」樹人向大家說：「咱們怎辦呢？車是炸了，咱們上不著天，下不著地，怎辦呢？」

「我有辦法！」光明很負責的說：「只要你們拿我當作朋友，我就有辦法！一同避過一次轟炸，也不怎麼就像老朋友似的，你們也這樣嗎？」

「我一點也不敢再驕傲了，」金山低著頭說：「我只能隨著你們去幹。炸彈能把鐵軌炸飛，可是也把人心震得真誠了許多！咱們看看去？」

他們一齊奔了車站去，全身似乎都有了新的力量。

第十三

1

洗桂枝有自用的小客廳。曲時人曉得他能怎麼到這小客廳去，而不被桂秋看見。

自從離開洗宅，時人便把桂枝忘掉了。他有許多缺點，可是忘恩負義並非其中的一個。他自己彷彿也鬧不清，為什麼竟自把個義務看護忘得死死的。來到這小客廳，他忽然想起一切，他幾乎不知如何是好了。桂枝把他服侍好，這是他終身不能忘記的恩惠，怎樣報答她呢？是的，是的，全民族都到了生死關頭，他不能顧及這對個人的一些好處，可是好處畢竟是好處，況且給池那些好處的人馬上就要立在他目前，他怎麼辦呢？心中很亂，他隨便的看了屋中一眼。屋中還是那麼清潔，那麼雅緻，絕對看不出一點什麼危險，絕對不像四外有極大的禍亂；他認識這個小屋，可是現在他覺得非常的奇異，似乎只有在夢裡才會見到這麼個地方。

還戴著帽子，他呆呆的立在小屋中央。

桂枝輕輕的走進來。

時人心中的桂枝是那個義務看護，忽然看見她又打扮得怪妖氣的，他似乎不敢認她了；有意無意的，他把帽子摘下來，說不出活。假若桂枝還是護士的樣子，或者他能很規矩而又很隨便的招呼她。眼前的桂枝，只是那麼鮮紅的一塊什麼：鮮紅的嘴唇，鮮紅的細毛線的菊花小馬甲；他只覺得這刺目的紅色紅光罩著她的全身，看不清其他的任何東西；他的眼要閉起來，可是那些紅色在他心中展成無限大的一片。紅色越來越近了，最後他覺得幾個瘦細而火熱的手指握住他的手。

2

桂枝常常向自己發問：「真愛時人嗎？」她不能給自己一個絕對可靠的答覆。

雖然不肯公然承認她長得不甚體面，可是她心中老為自己擔憂。修飾是她最大的自慰。即使修飾並不能遮掩她的缺陷，可究竟是對得起自己的一個辦法；就是修飾完全白費，毫無補於她的眉眼與體態，到底修飾本身還是一種技術，一種欣悅。

因著這種自覺，她時時以為有個時人那樣的愛人，多少是聊勝於無。沒有愛人是件可恥的事，誰能一輩子老修飾而老撲空呢！有了這個不得已的想法，她不否認時人的缺點，可是覺得那些缺點是可以設法彌補的：她可以擔任起改造他的責任。是的，她把他服侍好，她還可以再進一步去改造他；他完全是她的創造物，她是他的小母親。這點自慰與自解，使她不斷的思念時人。有時候，她感到時人是個無情的人；看，他老不來看看她！她氣憤，她甚至恨他，可是不大一會兒又把氣壓下去，而想像他的好處與可愛。無論怎說，他是一個男人。無論怎樣沒有誘惑力的男人也到底有點誘惑力！她想給時人寫信，想找他去，可是，他在哪裡呢？無情的傻胖子！信無從寫，人無處找，她只好修飾自己好不至於太無聊，也希望著時人不定什麼時候就會來看她——她必須漂亮得像一朵香花一樣；雖然花朵未必真美，可是香味足以動人。絕不能被他看見她黃臉禿眉的不像個摩登女子。她必須努力增加自己的色彩與香味，使他屈膝投降，假若他肯來看她的話；他必定會來的，必定！她試她的高跟鞋，試她的新衣服；穿戴好了，她細細的看她的影子，而後握著細瘦的手指輕輕嘆息。

時人走後，她已經不再細看報紙。對於修飾自己，是無可奈何的事；不修飾就沒了生命，生命是必須保住的。對於戰事消息就不然了，雖然勝敗也足以引起她的悲或喜，可是天天總是那麼一套，看著就未免生厭。再說，即使敵人真個快打到，她總會有辦法，因為手裡有錢。錢能使她不受委屈，那麼也就不便過於關心國事。

不過，戰事到底是件無法完全置之不理的事，它至少使人心中不安。越不安，便越想有個什麼東西來支持自己，像空襲時有個防空室遮護著自己那樣，所以桂枝近來無時無刻的不思索著婚姻問題，而且一想到這問題，便把多一半的希望放在時人的身上。因為這更較比的切實，假若不是更近乎理想。錢不成問題；既不成問題，就無須多去費心思；婚姻可並不這麼有把握，』所以更應當注意。她拉過時人的手，吻過時人的腦門；誰管時人領略不領略，曉得不曉得呢，她以為這已經是打開了一條愛的道路，而且必須順這條路走下去。想起這些愛的小小建設，她心中就跳得快一些；不是有什麼可羞的，而是深深的盼望那點小小的接觸已經被時人明白了；即使時人不明說，可是他心中必定有個數兒！她明知這不是事實，而不敢不這麼希望著；有時候她甚至於閉上眼禱告，假若當她握時人的手的時候，去感動他，使他明白，叫他來找她！可是，他不來，沒有一點消息！她的盼望，她的禱告，都毫無效果。她打扮好了，只好到床上去哭；哭完了，再去搽脂抹粉。有時候，她因失望而想永遠忘記了那個無情的庸俗的胖子；以前她怎麼活著來呢？空虛，不錯；可是也並沒因為空虛而死了啊！何必為時人那麼個傻子費眼淚呢！不過，以前的空虛是可以忍受的，因為自己並沒有在愛上花什麼本錢。時人是她服侍好的，這是真真實實的投資。況且，從前沒有和日本打仗呀。

這樣都想過了，時人可還是不來！他應當來，他欠著她的情，為什麼不來道謝呢？「完全等著我發動嗎？」她咬上嘴唇，心中責問他。她的身分簡直一點也沒有了，於是感到極度的悲哀，一個女子就這麼沒有任何價值麼？她想寄封最厲害的信，去責罵他，可是他在哪裡呢？都是堵西汀的壞！最厲害的信沒有寫，她轉而咒詛堵西汀，而原諒了時人。

3

聽到時人來找她，她並不像一個陷入情網的青年女子那樣狂喜的去迎接愛人，因為她不敢斷定是否時人已經接受了她的愛。她的心確是跳起來，可是她得安靜的想一想。她必須先決定如何對待他：是慢慢的誘導他呢？還是不容他轉身，就把他擒住？一面穿起那件鮮紅的菊花紋的小馬甲，一面思索；在照著鏡子撲粉的當兒，她已決定了必須把他擒住。戰爭不允許人們詳密的計劃自己的事，她必須趕快決定。把他捉到，她就有了事做，那就可以叫戰事照顧著她自己，而她可以帶著時人遠走高飛了。假若這種生擒活捉的辦法有什麼不大體面的地方，那是戰爭的過錯，不干她的事！

想到這裡，她覺得時人必是個最幸福的人，而她的計畫大概是天意如此，沒有什麼可恥，也沒什麼可 以狂喜的。她是要解決一樁事情，雖然這樁事情理應有些眼淚與熱吻在裡邊，可是即使沒有它們也似乎得將就一些，誰叫趕上這樣的時局呢。她不敢再思索，思索或者足以減少了她的勇氣。她腿要快而反走的很慢，心中亂而勉強顯出鎮定，低著頭往小客廳走。到了門口，她的手與臉都熱起來，幾乎不敢往前邁步。心中好像空了，只剩下那點決定，她用全身的力量支持著自己去執行那個決定，她走過去，拉住他的手。

4

時人不會很快的去對付臨時發生的事件。楞了一會兒，他把手抽出來。

桂枝抬起頭來，看了時人一眼，心中反倒平靜了一些；時人的樣子是那麼平凡，她彷彿是見著一個極熟識而又極沒趣的親戚，不用怕他，也不用殷勤招待他，只須不過於冷淡他就夠了。她剛要這樣冷淡下去，可是忽然覺得一陣難受，她覺得自己簡直全無希望。她極快的坐下去，想哭；手捂住了眼。

「怎麼啦?」時人莫名其妙的問。

桂枝的淚落下來,決定不說什麼;她傷心,而且知道說話是沒多少用處的,時人不懂!假若他懂事,他必會過來安慰她;他依舊立在那裡!

「怎麼啦?」時人又問了一聲。

桂枝忽然把手放下來,掏出小手帕輕輕抹了抹淚,先冷笑了一聲,而後嘴唇顫動著說:

「我把你服侍好了,這就是你知情感義的辦法,站在那兒審問我!我有什麼對不起你的地方,你連我的門也不登?!」

「實在,實在沒工夫!」時人的臉紅起來。

「你連坐下也不會?」桂枝隨便的挑毛病,因為並沒預備好多少的厲害話。

時人急忙找了個座位,離桂枝很遠。桂枝嘆了口氣,「沒辦法!你幹嘛來啦?」

「有點事!桂秋在家嗎?」時人打算快快把事說完,好急速回去報告;雖然他心眼慢,他也由桂枝的行動上看出點不大妥當的地方來。

「你不是來看我？你知道不知——」

「知道什麼？」

「不用說了，你什麼也不知道；木頭人！」桂枝說完，又後悔了，唯恐把時人說急了，事情就更不好辦。「找桂秋有什麼事？」

「桂枝你得先答應幫忙我，我才能告訴你；不然的話，我自己找他去！」時人這些話是早預備好了的，為忠於工作，他不肯隨便泄露了機密。

「我要是答應了你，你可也得答應我！」桂枝勉強的笑了一下。

「什麼事呢？」時人幾乎不敢再看她，低聲的問。

「你說你的好了！」

「堵西汀——」

「老是堵西汀！多喒你叫他給釘死就好了！」桂枝立起來，猶疑了一下，慢慢的把椅子挪過來，和時人面對面的坐下，手裡揉搓著那塊小手帕。「你看，時人，我把你伺候好，多少是點情義！」她的語氣非常的溫和了。「咱們是老朋友，父一輩子一輩的朋友。堵西汀是誰？你不過才認識了他幾天，幹嘛聽他支使呢！你看，這麼兵荒馬亂的，我也得為自己的安全想一想。我們啊——也得有點安慰！比如我們彼此瞭解，彼此幫助；叫桂鞦韆他的，雖然我很愛我的哥哥，你聽明白了；叫他幹他的，你我可以躲避躲避。錢，不成問題；沒人跟我一路走，我可不敢瞎撞去。答應我，咱們一同走，我就幫助你，幫助你這一次，並且永遠幫助你！」

時人半天沒有說出話來。他聽出來話中的意思，沒法回答。他一點也沒有忘了堵西汀托咐給他的事，可是不能不管桂枝怎樣而直截了當的說下去。桂枝是個女的，他必須客氣一些。對，她是個女的；而且呢，她所提出的並不是泛泛的一件小事；這種事不是輕易由女子口中說出來的；她既說了出來，他無論如何也不能不表示一點感激，不管她是怎樣的不中他的意，也不管他願意接受不願意。況且，假若他不敷衍桂枝一下，她就必定不肯幫他的忙，去勸告桂秋；有什麼臉回去見堵先生呢？連這麼點小事都辦不了！可是，假若一敷衍而就算承認了她的建議——她要不是出於真心，怎能這麼急切的提出來呢？——又怎麼再擺脫呢？為大事而戲耍一個女友是可以原諒的，可是時人不是那樣的人，他要處處對得起人，不能因為可以原諒而耍手段。他出了汗。

搓著手，他下了決心：

「桂枝！我來警告桂秋！有人準備到時候把他推出來作漢奸的首領。他也許還不知道。你告訴他，叫他設法表明心跡；不然……。你剛才說的，桂枝，我實在，實在沒話來回答；你知道我嘴笨。」

「我知道，你只要說個是或不是就夠了！」桂枝壯足了膽子，極暢快的說。

「那，那我只能說不是！國家要緊！」

「一點希望也沒有？」桂枝的眼盯住了時人。

「我不願太傷了你的心！」時人急忙接下去，怕她插話，「桂枝，你把我看護好了，為什麼不去救護傷兵呢？能做，為什麼不做呢？你看，現在你又打扮起來；我在這病裡的時候，你不是連件好衣裳都不穿嗎？」

「那麼，你願意我服從你的意思，一同去工作？」桂枝又看到一個縫子，遞進來一刀。

「咱們不容易在一塊兒工作！」時人的汗落下去，話來得容易了些。「你看，我是走死路的；你應當找安全的工作。我求你，求你！把我的話告訴桂秋。我要是一直的去說，他必因為看不超我而不信我的話；我越勸他，他會越不在乎。他不是那麼個脾氣的人嗎？你告訴他，他必相信，是不是？」

「你還是得跟著堵西汀？」

「這麼著吧，」時人實在不肯太使她難堪了，「我常來，只要我不離開此地，我就常來看你，好不好？」

「明天來吃晚飯好不好？時人！你天天來吃飯吧！你的衣裳也該換換了，多麼難看呀！我願意照顧著你，咱們是老朋友！」

「明天？我不知道能出得來不能，我有工夫就來！那件事可千萬告訴桂秋！」

第十四

1

火車不夠用，電線已炸斷，大家困在了小車站上。長官下了命令，先到柳林中去造飯。夥夫們忙著搬東西，挑水；樹人們無事可做，只好坐在地上談天。談著談著，他們發現了一件奇怪的事：敵人並未派偵察機來偵察，怎會就知道這荒涼的小站上有兩列車兵呢？

漢奸！漢奸！每個人心中都預備好了這個回答，可是都不願意把它說出來。他們似乎都為祖國害羞，為自己害羞；為什麼中國會出這麼多的漢奸呢？為什麼他們這麼多人就一籌莫展的聽著漢奸擺布呢？

「光明呢？」樹人問。

「他給咱們交涉去了，」易風親熱的回答，這種親熱也似乎是為表示他對光明有很好的友誼。「別的不說，他得先給咱們弄點東西來吃。」

「我可是真餓了！」牧乾輕輕的挺了挺腰，把手按在肚皮上：「肚皮都快貼住脊梁了！」

「當漢奸吃飽飯啊，牧乾！」金山笑著說。

「不理你！」她本想向金山作個鬼臉，可是忽然的心中一陣難過，忙把頭低下去，眼中含著淚。

「哼！」樹人似有所悟的慢慢的說，「剷除漢奸和打仗一樣重要！其實，咱們滿可以不離開陰城，那裡才是漢奸的大本營，就連剛才的轟炸，也未必不是陰城的毛病，你們信不信？易風，你還是當兵去？」

「不便於再改！你們去剷除漢奸，我去扛槍桿，各走各的路。」易風說得非常堅決爽朗。

「又要回陰城啊？」牧乾還低著頭問。

「不，既然出來，就不必回去，到處有漢奸，我們不能沒事做。光明來了。」

易風急忙站起來：「怎樣？」

光明的臉上陰得非常難看，嘴唇動了好幾動，才說出來：「不好辦！」

「沒有飯給咱們吃？」金山也站起來。

「你看，我這個兵，」光明向四外看了看，「是靠人情補上的。營長是我親戚。我當初和他說的時候，他以為我是神經病。後來我一直說到，他要不帶我來，我就自殺，他才答應了。我知道營裡有空額，可是——用不著揭穿他的詭病罷。」

「叫我不悲觀，怎能夠呢？我一給你說，易風，他搖了頭。他說這是軍隊，不是流亡學生收容所。我又給你們說，」他的頭向樹人們點了點，「他說，即使他自己願意帶著你們，公事上可也沒有辦法。我說，只求把你們帶到前線去，他也不幹。你看……」

「我要去說，就準行！」牧乾很天真的說。

「雖然是可以不擇手段啊，」樹人極慢的，一邊想一邊說，「可是也得留點神！」

「我以為無須留那份兒神！」金山雖然在神色上還有點驕傲，可顯然的是說正經話：「新的時代需要新的女性。牧乾既不是為戀愛而來的，她就會有她的辦法。是不是，牧乾？」

「我對天明誓，」牧乾幾乎是喊嚷著說，「在抗戰勝利以前，我要是有那個事，我就連條狗也不如！我也警告你們這一點，誰要跟我，或跟任何女子，講愛情，也就——」

「不是東西！」易風痛快的給她補充上。

「好了，這麼一來大家就都痛快了。」樹人微笑著說，「我們此後把愛都放在國家與民族上！牧乾，妳是我們大家的妹妹。去罷，跟營長去說，只把咱們帶到前線上去就行。」

「光明，你陪她去！」易風建議。

「牧乾，用袖子擦擦妳的臉，放出點笑容來！」金山雖像開玩笑，可是真心的鼓勵著她，叫她大大方方的去交涉。

2

時人回到自己的小屋中，慢慢的把事情一五一十的檢點了一遍。把事情都看過之後，他頭上冒了汗。全糟了！第一，怎去報告給堵先生呢？把警告只告訴了個女的，就算辦了事啊？荒唐！第二，桂枝的事怎麼辦？不，不，不，這不是事，而是纏繞。

難道就忘了國難，忘了私仇，而甘心嫁給桂枝？是的，這是他嫁她，一點也不錯！什麼事還沒做成，而先弄來一身麻煩，飯桶，飯桶！

罵完了自己一陣，他好像是疲勞過度的樣子，躺在床上，胸口有些發脹，腦中空空的，兩條淚道兒慢慢的從臉上流到耳邊。

躺了一會兒，想不出別的來，只覺得這樣躺著不是辦法。猛古丁的爬起來，再到街上走走，也許走得痛快了，就能想起好辦法來。

剛一出門，他的手被握住。他本能的說了聲「完了！」他知道堵西汀所到的地方，也就是偵探們愛來的地方。他剛要奪手，已看清那是桂枝。

她穿著件舊的秋季大衣，臉上的粉顯然的是胡亂擦下去的，還留著殘餘的紅白道道兒。

「我可認識了你的地方！」她心中慚愧，而勉強拿出滿不在乎的樣子。「你剛走，我就靈機一動，看看去，看他到底住在哪兒，嘻嘻，擦了把臉，我就跟出來，省得你不愛我臉上的紅胭脂，看，這件破大衣，合你的味道罷？裡邊的衣服可沒來得及換。下回，下回你再看見我的時候，我就連一根絲也沒有，全是布的，像鄉下姑娘似的，好不好?走，時人，你跟我走一走，讓咱們也在工作之外，有些安慰，休息，快樂!」

時人沒回答出什麼話來，傻子似的隨著她走。走了幾步，她夾住了他的右臂，緊緊的靠住他。她仰著點臉，臉上有些極快活的笑容。

走出了小胡同，時人忽然立定，把胳臂抽出來:「桂枝，妳回家罷，我明天找妳去!我托妳的事，明天要回話!」

「也好!」桂枝故意的表示出對他的信任與服從。「我必對桂秋說，明天給你滿意的答覆。什麼時候，明天?早九點?我可以早起;有事做，我就能不懶?」

時人只點了點頭。

3

時人在街上繞了好久，才敢回到小屋中，他怕桂枝又回來。坐在小屋中，他要極快的打個主意，好像一個人在要自殺之前那樣，他要想得極周到，還要極快當。這實在不大容易，他的腦子向來遲緩。

最容易想到是趕快把自己置之死地，以自己的命撞漢奸們的命，結束了自己的困難，同時也為國家社會除去了一些禍種。對，就這麼辦了，這比什麼也簡便快當。這麼大概的決定好，他心中痛快了許多。在還未想出什麼辦法之前，他先想了想家中。很快的他得到個結論：這樣去死是對得起祖宗的。於是，就不必再多去思索，而心中更堅決了。是的，他不能忘了活生生的那些骨肉至親；可是他沒法只在家族哪個小圈裡轉，他必須狠了心，做個有用的國民是要把心先橫起來的。

把家族放下，他想朋友們。小學的，中學的，大學的，那些朋友都來到他的眼前，有的很真切，有的連模樣已記不甚清了。這些人現在都幹什麼呢？不知道，他們能想到時人會死得這麼早與勇敢嗎？想這個幹嘛？難道自己的死是專為大家給開追悼會嗎？時人笑了。

對於樹人們，他特別的關切。雖然與他們相交甚淺，可是他們確與他一樣，都是去做救亡的工作。他的死，別人知道與否還不要緊，他必須叫他們幾個知道，好堅定他們的不折不撓的決心。可是，他們上哪兒去了呢？想到這裡他不知為什麼，幾乎要落下淚來。

最後，他想到冼家兄妹。他感激桂秋與桂枝，雖然他明知他並不喜歡他們。他一點不恨桂枝，要不是桂枝，他就早沒了命，就不能現在還有命可拼。這麼一想，他倒可憐了桂枝。怎樣能叫她變成個有用的女人呢？給她寫封信，對的，在死以前，給她一封信：感謝她，勸告她，也許因為他的死而感動她了。對桂秋呢？他想不出什麼好法子來，他有錢，他空洞，他膽子小，這些都叫他和抗戰很難發生關係；說不定，他還許因為這些而與漢奸合流；一個人的金錢會使他無可如何的喪失了靈魂，無論他是怎樣的想在思想上往前進。時人一向有點怕桂秋，現在他可憐桂秋了。除非桂秋能有超人的力量，從金錢中提拔出自己的腿來，別人是無從幫忙的。

把這些都想完，好像結束了一筆大帳似的，時人開始籌劃怎樣去死。

最先來到他心中的，是去幹毒打他的那兩個混帳。他們險毒，卑汙；即使與時人無仇無恨，也不應留在世上。有這樣的人在中國，便是民族的一種恥辱。幹掉他們！

不，且別粗心！該殺的人不止這倆個，而且有比他們倆更壞的，這不能不算計一下。況且，沒有堵先生的命令，而隨便動手，也許會給堵先生惹出些不方便的地方來，破壞了堵先生的計畫的完整。自己的命可以按著自己以為合適的時機喪掉，團體的紀律可是不應這樣叫自己的死給破壞了。

怎辦呢?桂枝的纏繞是不能不以快刀斬亂麻的手段,一下子弄清的。稍一遲緩,誰知道,自己稍一失神,還許叫她探聽了去一些機密,那才糟;一個想以結婚解決一切的女人,什麼也幹得出來!

這樣一想,他害起怕來。假若他不立時去死,明天他就得找她去。知道哪一句話就叫她抓住呢?

死的堅決,在這時候,並沒有一點動搖,可是他不能像剛才那麼痛快了。他不由的又把那個老的自己喚了回來:時人,時人,你道地的是個廢物!恐怕你只會自殺,別的什麼也做不成!

4

「剛才時人來了,」桂枝告訴她的哥哥。她的眼異常的明亮,身上異常的挺脫,她自己覺得心中有了一股向來沒有過的熱力;她幾乎沒法控制住這熱力,而不由的想笑了出來。

「他幹麼來了？」桂秋隨便的，並不一定希望得到回答的問。

「你老是這麼看不起人！」她要先矯正哥哥的態度，好再說時人囑託她的事。「時人並不像你想的那麼笨。」

「你倒頗愛他？」桂秋很俏皮的一笑。

「哼，我若是真想結婚，倒還許特意挑那麼一個人呢！他老實，忠厚，而且有心眼！」

「好罷，妳的事我沒法過問；先說他幹麼來了？是不是來證明他的忠厚，而且有心眼？」桂秋笑得把白牙露了出來。

「沒法跟你說話！告訴你罷，他是為你來的；簡直可以說是來證明他的忠厚！他在外邊聽到些不利於你的話，叫我告訴你！」她故意的把話停住，看有什麼反應。

桂秋，不出時人所料，果然因為話是時人說的便有些不願相信。可是，聽到「不利」兩個字，他的笑容馬上收個乾淨。他的青春完全叫那點前進的思想支持著，他懶得動作，更怕外力壓迫他去動作。為避免動作，他可以對一切屈服，而美其名叫不屑於對付那些小人與小事。

「有什麼不利?」他假裝鎮定的問。

「時人說,」看出哥哥的不安來,桂枝故意把「時人」說的很親.熱,很響亮,「城裡有許多人要推你作代表,去迎接敵軍,另有一些人,叫你趕緊表示態度,要不然就——」

「時人怎麼曉得的?」沒等桂枝回答,他自己說了出來:「(口歐),堵西汀!堵西汀要嚇嚇嚇嚇我!」

「嚇嚇罷,警告罷,你總得想個辦法。」

桂秋的手微微有點顫,還不完全是害怕,而在討厭堵西汀和類似堵西訂那樣好多事的。討厭,使他心中堵得慌,而習慣的顫動起來,作為一種發泄。

看哥哥沒說出話來,桂枝出了主意:「好不好把堵西汀和時人都請來,談一談呢?」

桂秋只哼了一聲。

5

牧乾的交涉成功了。樹人們都覺得不大適合，可是不便因懷疑而耽誤了往前線去的機會。他們信任牧乾，也決定用全力去保護她，那麼，就不必顧慮太多，而減少了大家的勇氣。

他們得到了一頓飯吃。飯很粗，菜很少，可是大家就吃得非常的香甜。吃完了飯，他們的精神振作起來，彷彿就是有天大的困難，他們也有克服的辦法與戰勝的把握。

第十五

1

歷史是人類的血跡。偉大的史事是血的急潮。血的奔流把平庸變為崇高，把卑汙洗刷乾淨。

曲時人給桂枝寫了封信，信中沒有一句誇張的話，可是每句都堅決，都到底，不管桂枝是怎樣細細的去思索，她一定沒法把那些話錯解了的。

「我並不拿這條命鬧著玩，」他對她解釋：「我也並不因為妳我的事而想到死。事實上，我是被私怨公仇所擠，擠得我出不來氣。我是個平凡的人。我的思想與能力都不夠用的。這樣，假若我不把最後的決定明白的預先說出來，我深怕像塊豆腐似的，放了半日就會生出惡氣味來。我必須在這神聖的抗戰中做點什麼，我必須以死領導我還活著的這幾天的心，以死集中我整部生活的力量。一搖動就壞，準壞；我不是怎樣了不起的人。我絕不以這樣去死為榮，只以此為一個老實人在抗戰中所應有的態度。妳跟我談愛嗎？請記住我上邊那幾句話吧。那幾句話若能永久在妳心中，妳便是真的愛我。嘴笨，我說不出多少動人的話來……」

把他自己的決定說完，他溫和的勸告桂枝：「找工作，找工作，只有服務才能叫妳認識自己——妳是抗戰中的一個中國人。我不願說妳須對得起誰，我覺得妳只有對得起自己，和自己的國就夠了。我在寫這信的時候，完全清醒，所以客觀的我不把妳看成一個朋友，而只拿妳當作一個女同胞。一提到妳我，或妳和任何人，或我與任何人的關係，我就覺得沒有什麼值得一說的話；反之，拿妳我都作為一個國民來看，咱們該說的話就非常的多了。妳自己會想出來許多話，許多辦法，妳比我聰明。我就不必再多說了。至於桂秋，請妳也用妳自己的話去勸告。……」

2

桂枝把這封信讀了不知道多少遍。最初，她感到憤怒，她以為這是用大話來拒絕婚事。他的話越大氣，她就越想起他的平庸，一個那麼平庸的人而公然輕視她，她不能忍受。她已把信團在手中，可是沒決然的擲入盂中。不，對一張紙發脾氣是沒多大用的；她得設法報復，把那個平凡而不知好歹的時人收拾一下！這時候，她心眼中的時人是個一二寸長的小人兒，像一個什麼最討厭的精靈似的，在她心中亂跳；她縮小了瞳孔，看準了他，擒住他，用一支無形而有力的手，把他投擲在一團烈火中。

漸漸的，她無意的又把手中團著的信舒展開，再念，彷彿是絕對沒法明白的一些什麼咒語。

因為在手中團了半天，信紙上有點暖氣。這些暖氣似乎叫她平靜了些。心中剛一平靜，她馬上想到另一極端去。時人是老實人，說死，他就必定去死！怎辦？怎辦？她顧不得想他是要怎樣死，和為什麼死，她只覺得死是最大的恐怖；她的臉，身上，手，由熱而冷；在心中看到一個屍體，沒有一定的樣子，因為她不敢正眼去看，可是千真萬確的那必是時人的屍體。這時候，她忘了與時人的關係，忘了一切，只覺得可怕，可憐，她把信紙壓在胸下，伏在床上哭起來。昏昏迷迷的哭，哭得極傷心，而極渺茫，像要把心哭裂而不曉得為的是什麼的樣子。

哭了一陣，她的身上不冷，也不熱了，心中痛快了許多。她開始要冷靜的思想一番。把信又讀了兩遍，她明白過來，那些話絕對不是為對付她而發的，而是他——一個平凡老實的人——要在抗戰中結束了自己，把自己生命的價值放在全民族的總價值裡去。

她怎麼辦呢？

她慢慢的在屋中走來走去，由她，由時人，漸漸想到戰爭上去。雖然還很渺茫，可是她承認了戰爭是件該關心的事，至少時人要為戰爭而捨命這件事是千真萬確的。

3

樹人們非常的歡喜，因為聽說不久就可以有車來到，送他們到前方去。

在等著車的時候，他們慢慢的咂摸出來：假若前線上是等著這些弟兄們換防或增援，非馬上趕到不可，這樣的耽延，豈不誤了大事？兵貴迅速，遲到一小時，半小時或幾分鐘，都有很大的關係。他們又都咬上了牙。恨不能立刻抓到一兩個漢奸，審判，定罪，執行，才能解氣，才足以表現一點他們的能力，剷除漢奸，他們現在明白過來，絕不是消極的工作，而是與正面的作戰同等的重要。任著漢奸自由的活動便是增強敵人的力量。

但是，怎樣去剷除漢奸呢？你一句，我一句的他們亂想辦法；這些辦法象春天的雪花，未曾落在地上已經消逝了。這幾乎使他們絕望，他們感到自己與事實彷彿隔著一層霧，而這層霧絕不是他們的幾對拳頭所能打開的。

「沒有辦法」這幾個字在大家的嘴邊上，可是誰也不好意思公然說出來。慢慢的，大家的神色都由陰鬱悲觀而改為興奮與努力。誰也不肯開口，可是都在眼神裡表示出來：沒辦法也得想辦法，這就是抗戰的最深的意義。這不是按部就班的慢慢去做的事，而是要以最大的努力，以肯拚命的決心，去打開一條智慧與勇敢兼全的路子。他們又笑了。有性命就有辦法，不怕把性命碰碎就有辦法。一發愁就動搖，動搖便是造成漢奸的基本心理。讓我們笑吧！他們彼此用眼神勸勉著。

4

發出了那封信，時人覺得非常的痛快勇敢。「了了一樁事！」他絮絮叨叨的念道。把這纏繞撥刺開，他就可以自由的英勇的幹他所要幹，應當幹的事了。

這時候，陰城的聰明人們已造出「發國難財」這一名詞來。他們製造這一名詞，並不含有絲毫譏諷意思，而是腳踏實地的去朝著這種財去費心與跑腿，正像他們平素見財就起意一樣。他們發過水災財，旱災財，內戰財，……現在他們應當勇敢的、巧妙的去發國難財。他們心中沒有任何可以自傲自慰的主意，除了摟錢。

防空捐已入了他們的腰包，他們應當趕快另想主意；錢是越多越好的。那些沒有分到防空捐的，當然更不能不急起直追，趕上前去。

那唯一的敢把這名詞用譏諷——只是譏諷——的口氣說出的報紙，陰城日報，很快當的就被封了門。

在這名詞下，陰城的錢像秋天水坑裡的小魚似的，就是藏在泥裡，也會被挖掘出來。連當鋪都貼出「停當候贖」的紙條，而且在紙條貼出的兩三天後，又改為拍賣。沒人來買。於是，好一些的東西就運到陰城的政府裡陳列。所謂陳列，就是擺開了叫股東們，和他們的小姐太太參觀。股東們都是陰城的文武官員。參觀以後，東西就都不見了；據說，這兩天的火車上東西比人還多呢。

時人由朋友們的談話中，聽到這件新聞。

由這件事所引起的怒氣還未沉落下去，另一件使人切齒的事又傳到時人的耳中；街上的鋪戶，無論大小，這兩天都在天將黑的時候，不能不用香菸與熱茶款待著便衣警察。沒有收據，沒有公文，警察們「勸告」著商家，協助軍款。「沒有糧餉，軍隊斷難開發，這是大家都知道的，大家也就必當熱心捐助。」警察換了便衣，言語說得比平日委婉了許多。「況且，這次籌款也還不是沒有相當的好處，比如說局子裡現在就存著些煙土，大家分一分，小鋪於少買，大鋪子多買，公道，公道；不是強派，而是為愛國買點——買點——」巡警們找不到適當的字眼，只好笑了一笑，而後把小摺子掏出：「算你們八兩吧，明天午前錢物兩清。愛國的事，不得迷誤！」

時人在聽說這件事後，他親自到街上去看。看見了，聽見了，千真萬確。他納住了氣，拿這當作一件很好玩的把戲似的，向鋪戶的人們打聽：第一，煙土從什麼地方來的呢？第二，巡警們為什麼這樣和藹呢？沒人能猜到在這戰事緊張，運輸困難的時候，怎會能運來大批的煙土。猜想不出，大家就只好下了這樣的結論：「反正人家有法子，既然想這麼辦，還愁沒辦法！」

「這辦法好不好呢？」時人問。

沒有回答，大家轉了轉眼珠，不再開口；連時人也明白過來，他們大概是拿他當作了偵探，他只好到另一家去探問那第二個問題。

「他們和氣？自然嘍！」聲音降低到像耳語那樣：「保安隊都繳了械，巡警還敢不和氣？」

「幹嘛繳械？」

「軍隊裡要槍。」

「地面的治安呢？」

大家笑了笑。時人不敢再問。

5

時人一直到了自己的小屋，才敢思索，生恐在半路上發了瘋。

以他那顆簡單純潔的心，無論怎樣想像，他也不會想像出這種黑暗的事來。在這黑暗中，充滿了卑汙無恥，還不如土匪硬搶明奪那麼敢做敢當，還不如妓女那樣有良心。陰城是有一群怪獸，他想，用最毒狠的手段叫人民們像怕狼似的怕它們；全城裡日夜沒有人聲，每個人都顫抖著等著狼嗥。狼嗥便是命令，有時候聲音高一些，有時候聲音低一些，但都是命令，都須遵從。狼是絕對不講情理的。

想到這裡，時人有些看不起堵西汀了。堵先生那些辦法還是對待人的，而這裡根本是有一群狼。他不但不以堵先生為然，他也看不起自己了。以前，他想到的幾乎完全是救國衛國一類的事，他雖渺茫的想到在這個國裡社會裡有許多黑暗的地方，可是到底是個國，是個社會，是「人」的世界。現在，他明白過來：這社會裡有狼。非把狼除掉，「人」就沒法活動。他不該再遲緩，而應馬上去殺狼，這是最要緊的工作。軍隊是在前方打虎，他，時人，應當先在後邊殺幾條狼。

他找了堵西汀去，把他所想的這點，明白白的說出，而且不准堵先生駁回。

「給我比刀更厲害的兵器，沒有別的話！」

第十六

1

漢奸有許多種。要想找到他們的共同的心理根據，恐怕「怕吃虧」是首當被薦舉出來的吧。怕丟錢，怕丟東西，怕丟地位，怕丟生命；好漢不吃眼前虧，且先叫膝蓋軟一點吧。從不吃虧，慢慢的再走入占便宜，是退而能守，進有所取，便左右逢源，絕對不會損折本錢了。就是在進取之中，仍然不失其怕吃虧的原意；賣力氣即是吃虧的一種，而給敵人做走狗根本是渾水裡摸魚，魚也許會很容易來碰到手上的。守住原有的，再抓點現成的，這才叫上算。

這怕吃虧的心理，使他們跳出國家社會，與任何公事都沒關係；私人的利益才是一切。神聖的抗戰是要以精神勝過物質，是以最壯烈的犧牲去爭取最後的勝利！「犧牲」根本與「不吃虧」相背，他們聽到這兩個字就頭疼。熱情的奔赴國難，在他們看，是最愚蠢可憐的事，他們絕不上那個當。

桂秋絕不想貪便宜。可是他怕，怕離開家，怕麻煩，怕勞動，怕丟了書籍。為怕這些事，他坐臥不安，日夜愁思。可是每想起一個主意，都必須改變自己的生活，起碼要搬家，旅行，帶東西。這些瑣碎都使他頭疼，手顫。為這個，他任憑著自己那點不痛快。而詛咒戰爭，不管是怎樣的戰爭。並不願去細想他的財產與生命，他只是怕麻煩。可是既沒法解決問題，他慢慢的就想到比搬家更重要的事：假若自己帶著桂枝逃到遠方去，誰給看守著這座宅子呢？先不用談別的，那些書籍怎辦呢？哼，假若歷年蒐集的這些書要被焚毀或搶去！他哆嗦起來。

這樣，由怕麻煩，他想到怎樣可以不吃虧；「畏懼」使人專去想利害，而忘了一切崇高的理想。啊，他想起時人的警告。這引起他一些憤怒，自己無論如何也不能做漢奸哪！可是，假若漢奸們包圍自己，怎辦呢？還是得走！上哪裡？帶什麼東西？自己受得了受不了？又回到最初的問題上來，腦子白白的繞了一個圈！隨它去吧，過一天是一天，到時候再說！不行，萬一時人他們真向他示威呢？萬一敵機再來轟炸呢？財產與生命，本不算什麼，當一點危險沒有的時候。可是，一遇到危險，也不怎麼就覺得金錢與性命特別的可貴可愛。怕麻煩，頂好是不動。為避免危險，還是得走。要把這二者調和一下，既能不動又無危險，彷彿就須先把時人說通：「我絕不是做漢奸的料子，你們可以相信！」桂秋對著鏡子自言自語的。「可是我不願意離開這裡，太麻煩！」說完，他想像著大家都明白了他，諒解了他，笑著走了出來。但是，即使他得到時人們的原諒，敵機的轟炸依然是無可抵禦的。想到這裡，他想起時人在這裡養傷的景況來：時人的熱烈，堵西汀的精明，在那些日子，都使他深深的受了感動。是的，這個戰爭是影響到每一個國民的；因此，每一個國民必須拿出他的力量，金錢，獻給國家。戰事也許離自己很遠，可是飛機會不客氣的在頭上飛動！單就這一件事說，他也得離開陰城；不，不止於離開，還須做些比逃亡更有出息的事；飛機可以來到陰城，也可以追著他走；哪裡是樂土呢？沒有！

不過，假若漢奸們來保護他，大概他們必會與敵人暗通消息，不叫他受損害吧？(口歐)，這是多麼沒有骨頭的事！但是，這樣一來，他便可以避免一切麻煩，用不著逃亡，用不著收拾東西，也就不會害頭疼。

況且，等漢奸來找他，他便可以自告無罪；他只是敷衍他們一下，絕不為他們作任何事情。不走，為是省麻煩；不做事，為是表明心跡；既可以不動，又不賣國，這的確是個好辦法。也許時人們不能原諒他，可是那就各憑良心吧，洗桂秋是不能完全依著別人的意見而生活著的！

好，就這麼辦！他對著鏡子，很開朗的笑了笑，顯出一些不常有的勇敢與快活來。點上一支香菸，他去找桂枝，把他的決定告訴給她，每一句話都是考慮過的，簡短而有力。桂枝沒有說什麼。

2

樹人們的快活只是暫時的。還沒走出多遠，他們便看到一批批的難民。他們自己本是流亡的學生，可是一看到這些受難的同胞們，他們好像就完全忘掉自己的苦處，而為別人難過起來。在乎日，他們的青春使他們往往專顧到自己的享受；雖然偶爾也想到民眾的苦痛，可是不過像一些微弱的什麼靈感或感觸似的，它是那麼微弱，即使能被牢牢的抓住，也不足以成一首詩或一篇小文。今天，他們看了那些背著包，挑著筐，攜抱著小兒的男女，他們感到這些人真是弟兄父老姊妹，而這些無辜的兄弟姊妹是受一個暴力的催迫，離了故鄉，走上茫茫的途程。這不僅是一點感觸，而是慘絕人寰的事實，是民族最大的恥辱，是每個人的仇恨。他們，這幾個青年，責無旁貸的應負起這報仇雪恥的責任！

「看！」樹人的大眼幾乎要冒出火來。「那個小孩！」

「也就是六歲，至多！」金山說。

車走的很慢。大家的眼都盯住路旁的一個小兒。至多有六歲，禿頭，張著嘴，看看前面，看看後面，而後哭喊一聲——大家可以想像到，他喊的是「媽」！

車走過去。那個小兒的面貌，神情，卻留在大家的心中。他走丟了？找得到媽找不到呢？假若找不到呢？已是秋天，那小兒卻光著頭，光著腳！大家心中思索著這些事，而不敢說出。小兒的哭喊焦急，便是暴敵的最大的罪狀，暴敵已把血淚從個小兒的身上壓榨個乾淨！

光明捂著臉哭起來。

3

陰城又遭了一次轟炸。

一個輕量的炸彈落在了洗宅的後園牆外。桂秋的書齋的玻璃被震碎了一塊，因為他藏在了紫檀的桌幾下面，玻璃渣子並沒有打著他。

在一聽到警報的時候，他已面無人色。及至炸彈落下來，爆炸開，屋子在顫動，他的心中反倒覺得鬆快了一些，就好像將要昏迷過去的時候，苦痛已過，冷汗出來，心中倒渺渺茫茫的舒服一下那樣。從桌下爬出來，他的臉上是紅紅的像吃了些酒似的。沒顧得撣膝上的灰土，他急忙的去找妹妹。什麼地方都找到了，不見桂枝！

平日，他是愛桂枝的；可是，他向來沒有感覺到像現在這麼熱烈；在這一會兒，他彷彿是忘了一切，而整個的生命價值似乎全在能找到妹妹不能。平素，他越生氣越沉靜，把怒火藏在心裡，顯出高傲的氣派來。今天，他高聲的叱責僕人們，甚至於罵起來。罵了幾句之後，他感到未曾經驗過的痛快。

熱烈的，痛快的，而又並非不焦急的，他一屁股坐在後園中的一條石凳上，狂吸著香菸。他在這時候，不再覺得自己是個了不起的人物，而只領悟到一些爽朗的男兒氣；他任著腦門上的汗一直流下來，不去擦抹，好像臉上流汗是最自然的事似的。

坐了一會兒，他隨便的和男女僕人們談起來。

「假若炸彈晚落一秒鐘，還不是正碰在書房上？」他笑著說：「街上炸得怎樣了？桂枝上哪兒去了呢？」

僕人們得到這空前的寵愛，慢慢都放膽的和主人說起來。每個人都願主人知道他或她自己所受的驚險；所受的驚越大，越足表現出自己的膽量或幸運。末了，大家都願到街上去找小姐，而桂秋也就不便於攔阻，一個炸彈炸出許多感情來，彷彿是。

4

桂枝回來了，同著時人。

桂枝告訴哥哥：她是正在街上買東西，遇到警報，就近跑到時人那裡。自然她自己知道，她不遇到警報，也會到時人那裡去的。

「那麼，」桂秋很關切的問：「你們就沒躲一躲？」見桂枝微微一搖頭，他開始述說自己所受的驚險，而後囑咐她：「必要小心一點，現代的戰爭就是整個的屠殺！」說完，雖然他沒有什麼更進一步的言論——譬如說：應當以全民族的抵抗，去粉碎這整個屠殺的毒計——可是他至少承認了戰爭與他有直接的關係，專想逃走是沒有多大用處的。

他留時人吃飯。在吃飯的時候，他們幾乎是完全講論著戰爭，說著說著，時人把上次托桂枝傳達的警告，又當面對桂秋講了一遍。很奇怪，桂秋並沒有生氣，也沒有驚懼。他問時人應該怎辦。

「專為自己的安全設想呢，」時人慢慢的說，「及早逃走；假若不願逃走呢，那就得做點對自己不利而對國家有益的事。」

「走？」桂秋彷彿是自言自語呢：「上哪裡？現在的殺人利器會在天上飛！」

「可是，不走吧，你又討厭做事。」桂枝生恐招哥哥不快，趕緊補充上：「我不是說你不會做事，是說你討厭做事！」

「那就不如早些搬走，」時人說：「省得因為怕麻煩，而反倒添了麻煩。你不走，漢奸們會來包圍你的！」

聽到妹妹與時人的話，桂秋的心中稍有點亂。不願隨便的回答他們，他要自己細細想一想。可是，他不知怎的，心與口像是聯在一處，想到的就要說出來，像小孩與老人那樣。

「逃走並不等於逃生，」他的口自動的報告著他的心意：「就是我不嫌搬家的麻煩，也還不見得準就安全。至於漢奸，難道他們就沒聽見看見敵機的轟炸？」

「刀放在他們的脖子上，」時人給桂秋解釋：「他們總是希望刀不往肉裡砍，刀只要沒砍在自己的肉裡，他們就認為是成功；即使他們的鄰居都被殺盡，他們也不會動心的。所以我說，你必須離開此地。假若你不動身，他們就會以為你是有恃無恐，必來勸你給他們幫忙。」

「假若我不走，而做些反漢奸的事呢？」桂秋問。

「你不行！你清閒自在慣了！」時人毫不客氣的回答。「據我看，你能不嫌麻煩搬了走，叫漢奸們無從捉到你，你已經是做了一件事！」

桂秋半天沒說出什麼來。

沉思了好久，桂秋微微一笑：「時人，我承認我的軟弱！我同意你的主張——我得走。不過，我想在躲漢奸之外，再多做一點什麼。我走開，漢奸找不到我，是自然而然的；我更願有點近乎自我發動的事。炸彈既可以落在我頭上，我就應當有些反抗的表示！還不是表示，應當說是責任！」

「假若你願意的話，」時人很高興，可是慢慢試著步兒說，「我去和堵先生商議一下：我自己想不出最好的主意來。」

桂秋點了點頭。

「那麼，我呢？」桂枝問時人。

時人不由的把手放在胖腮上，來回的搓搓著。

（未完）

載一九三八年二月至一九三九年三月《抗到底》第四期至第二十三期

電子書購買

爽讀 APP

國家圖書館出版品預行編目資料

蛻：小蟬的嫩翼顫動著，生或死全憑今日的掙扎 / 老舍 著 . -- 第一版 . -- 臺北市：崧燁文化事業有限公司 , 2023.09

面； 公分

POD 版

ISBN 978-626-357-581-3(平裝)

857.7　　112013068

蛻：小蟬的嫩翼顫動著，生或死全憑今日的掙扎

臉書

作　　者：老舍

發 行 人：黃振庭

出 版 者：崧燁文化事業有限公司

發 行 者：崧燁文化事業有限公司

E-mail：sonbookservice@gmail.com

粉 絲 頁：https://www.facebook.com/sonbookss/

網　　址：https://sonbook.net/

地　　址：台北市中正區重慶南路一段六十一號八樓 815 室

Rm. 815, 8F., No.61, Sec. 1, Chongqing S. Rd., Zhongzheng Dist., Taipei City 100, Taiwan

電　　話：(02)2370-3310　　傳　　真：(02) 2388-1990

印　　刷：京峯數位服務有限公司

律師顧問：廣華律師事務所 張珮琦律師

定　　價：299 元

發行日期：2023 年 09 月第一版

◎本書以 POD 印製

Design Assets from Freepik.com